말 잘 듣는 젊은이는 싫다

금빛바다 지음

말 잘 듣는 젊은이는 싫다

초판 1쇄　2014년 04월 23일

지은이　금빛바다
발행인　김재홍
책임편집　박보라
마케팅　이연실

발행처　도서출판 지식공감
등록번호　제396-2012-000018호
주소　경기도 고양시 일산동구 견달산로225번길 112
전화　031-901-9300
팩스　031-902-0089
홈페이지　www.bookdaum.com

가격　25,000원
ISBN　979-11-5622-023-7 03810

CIP제어번호　CIP2014011809
이 도서의 국립중앙도서관 출판시 도서목록(CIP)은 e-CIP 홈페이지(http://www.nl.go.kr/ecip)에서 이용하실 수 있습니다.

말
잘 듣는
젊은이는 싫다

| 금빛바다 지음 |

처음에는 절름발이처럼 세상이라는 무대에 섰을지라도
인생의 마지막에는 막춤이라도 추면서 퇴장할 수 있게 살라

지식공감

말 잘 듣는 젊은이는 싫다

다윈의 진화론적 관점에서 보면 이 세상에는 가장 강한 놈이 살아
남고 다음 세대 중에서도 가장 강한 놈이 유전자를 퍼뜨린다.
약육강식(弱肉强食)의 법칙에 따라 가장 강한 놈이 아니면 살아남
을 수 없는 것이다
하지만 이 세상은 '최적자생존'(Survival of the fittest)이 아니다
만약 우리의 삶이 가장 강한 단 1명만 살아남을 수 있는 최적자생
존게임이라면 누구나 할 것 없이 기필코 경쟁자를 제거하기 위해
입에 게거품을 물고 덤벼들 것이다

그러나 다행스럽게도 이 세상은 가장 강한 1명만 살아남는 살얼음
판이 아니라 다 함께 공생할 수 있는 것이다
이 세상에 완벽하게 미래를 계획해 놓고 살아가는 생명체가 있
을까?
생태계에서 미래의 예정된 방향성을 가진 진화는 없다
이미 승자의 길을 걷는 사람들이 말하는 커리큘럼(curriculum)에
따라 산다고 해서 승자의 대열에 합류할 수 있다는 생각은 자가당
착(自家撞着)이다

'내가 이렇게 하면 다음 세대가 어떻게 된다.'고 확신한다는 것 자체가 불가능하다

지구온난화를 미리 예상하고 유전자를 조작해서 자기 자식들을 더위에 잘 견딜 수 있게 낳았다고 하더라도 예상과는 달리 빙하기가 오면 쫄딱 망하는 거다

지금의 선택이 미래에 나타날 환경변화에 적합하다는 보장은 어디에도 없다

세상이라는 길은 누구나 가는 가장 안전한 길로 가는 것이 오히려 더 위험할 지도 모른다.

인생은 무정형방황의 연속이다

젊은이들이여

제발 좀 방황하라

방황은 젊음의 특권이며 그 시기가 있다

어디든 가서 찔러보고 열어보라

'저거 재미있을 텐데'라고 생각만 하지 말고 하루 종일 죽어라고 매달려 보라

시인이 되고 싶다면 습작노트를 끼고 다니고 조각가를 꿈꾼다면 볼품없는 돌이라도 한 조각 깨뜨려보라

당구장이나 음악다방을 전전하며 깊이 고민하고 사색에 빠져보라

방황하다 보면 어느 날 길이 보인다.

초반에 조금 뒤처지는 거 그거 아무것도 아니다

한참 뛰다 보면 비슷해진다.

해야 할 일, 하고 싶은 일을 찾아라.

그냥 앞만 보고 뛰는 거다

하지만 인생을 박쥐처럼 살려고 하지 마라

박쥐는 신진대사가 빠르고 민감해서 몇 시간만 스트레스를 받아도 죽어버린다.

우리 모두 옆 사람이 달리니까 할 수 없이 달리는 것뿐이다

이게 바로 머리 좋은 동물들이 자존심 때문에 남을 따라하는 생활방식이다

젊은이들이여 그대들이 벤치마킹(bench marking)해야 할 삶은 나무늘보의 삶이다

나무늘보는 답답할 정도로 느리다

어제도 그 자리, 오늘도 그 자리에 있다

나무늘보처럼 지금보다 살아가는 속도를 줄여야 한다.

옆집에 누가 사는지도 모르는 채 가쁜 숨을 헐떡이면서 살아온 기성세대들의 눈에는 젊은 세대가 한심하고 걱정된다.

기성세대들은 요즘 젊은이들은 '헝그리 정신이 뭔지도 모르고 천방지축'이라며 못마땅해 하지만 그건 기우(杞憂)일 뿐이다

내가 '그 일을 하지 않으면 죽을 수도 있다'고 생각하는 기성세대들의 눈에 젊은 세대들은 생각도 없고 자기 삶에 대한 비전도 없는 것 같지만 요즘 젊은이들은 '세상이 Survival of the fittest가 아니라는 것'을 잘 알고 있다

또한 그대들은 어떻게 해야 사회에 훌륭하게 자리매김할 수 있는가 하는 것을 본능적으로 알고 있는 좀 더 진화된 세대들이며 최적자

(the fittest)생존이 아니라 적자(fitter)생존의 개념으로 살고 있으며 평생 한 직장에 목을 매달고 살겠다고 생각하지 않는다.

젊은이들이 생각하는 인생관은 기성세대들과 그 관점이 다르다는 말이다
기성세대는 이런 젊은이들에게 대기업정규직취업을 강요할 게 아니라 그들이 마음 놓고 뒹굴 수 있도록 멍석만 깔아주면 되는 것이다

젊은이들이여
기성세대들의 따분한 논리에 따라 강요된 줄에 서지 마라
남의 눈총이 무서워 번쩍이는 기지와 넘치는 끼를 감추지 마라
고정관념에 사로잡힌 사람은 세상의 벽을 뛰어넘을 수 없다
놀라운 건. 남들이 앞만 바라보고 부동자세로 서있을 때 사방을 두리번거리면서 대오를 이탈하는 말썽꾸러기가 세상을 바꾼다는 사실이다
1%의 고정관념을 깨뜨리고 나면 그 나머지 99%의 자유로운 세상을 얻을 수 있다
처음에는 절름발이처럼 세상이라는 무대에 섰을지라도
인생의 마지막에는 막춤이라도 추면서 퇴장할 수 있게 살라

차례

제 2장 사랑

제 3장 그리움

1장 삶과 인생

젊음이여
모든 일에 자신감을 가지되 확신하지는 말라
확신은 의혹으로 끝날 확률이 매우 높다
그러나 의혹을 가지고 일을 시작한다면
신념이 옳았다는 것을 알게 될 것이다
젊음은 오래 머물지 않는다.

꿈을 기다리지 말라
꿈이 없는 젊음은 의미가 없고 젊음이 없는 꿈은 허망하다
세상을 주의 깊게 바라보고 깊이 생각하라
정상에 우뚝 서고 싶다면
불같은 용기를 실행에 옮겨라
지금 당장

젊음 中

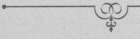

길을 간다는 것은

1.

인생길은 누구라도 혼자 가야하는 외로운 길이다

길은 늘 그리움을 부른다.

누구라도 길 위에 서면

허무와 슬픔이라는 장애물을 넘어가야한다.

세상이 잠들어 입을 다문 시각에도 바람처럼 가야 한다.

서두르지 말라

걷다보면 따가운 햇살도 만나게 되고

낙엽이 밟히기도 하는 것이 길이다

어느 길모퉁이에서 반가운 사람 하나 만나는 것도

가슴이 촉촉하게 젖는 일 아니겠느냐

뒤돌아보면 내가 걸어온 길은 쌍둥이형제처럼 닮아있었다

간신히 발을 딛고 일어선 산비탈마저 바람 거센 땅이었다.

세상에는 수없이 많은 길이 나있지만

나는 그대라는 이정표 하나만 바라본다.

그대 어디 있는가.

왜 내 마음 한번 따스하게 잡아주지 않는가.

2.

울지 마라
길이 멀다고 울 일은 아니지 않느냐
너 하나 운다고 세상이 울겠느냐
캄캄한 밤에도 길을 더듬어 여기까지 오지 않았느냐
안 그래도 속이 훤히 들여다보이는데
넋두리나 뱉어내면 속이 시원할 것 같으냐
아서라. 너만 초라해진다
외롭고 막막해도
슬프고 눈물 나도
씨앗을 흘린 꼬투리처럼 쩍 벌어진 가슴속에
찬바람이 제집 드나들 듯 드나들어도
그리움도 만나고 추억도 만나는 게
사람 사는 동네 아니더냐.

3.

인생길을 간다는 것은
비가 오나 눈이 오나
한 번도 가보지 않은 낯선 길을
한발 한발 걸어가야 하는 것이다
지름길을 묻지 말라
그런 길은 없다

그냥 사는 거야

겨울바람 맞은 나뭇가지처럼
몸과 마음이 흔들려도
버리지 못하고
떠나지 못 할 거라면
쓴웃음 한번 짓고
그냥 사는 거야

가슴이 아파도
가다가 쉬더라도
하고 싶은 말 다할 수 있으리
마음이 아파도
눈물이 흘러도
그냥 사는 거야

바위처럼 큼직한 상처가
가슴을 짓눌러도
훌훌 털어버리지 못할 거라면
하늘 한번 쳐다보면서
그냥 사는 거야

사라져 가는 것은 아름답다

사라져가는 것은 애틋하고 아름답다
'안녕히'라는 작별인사는 애틋하고 아름답다
그대가 돌아서가는 발길에 달빛이 어스름을 뿌린다.
내가 밟고 서있는 세상은 슬퍼서 아름답다
아름다운 것은 눈물이 된다.
이별 앞에 서있는 것이라면
아름다워도 가슴이 아프다
이슬이 그렇고
노을이 그렇고
달빛이 그렇고
못 다한 사랑의 말이 그렇다
그런 것들이 슬픔의 씨앗이 되고 그리움의 씨앗이 된다.
하늘을 안을 수 없는 바다의 슬픔 같은 것이다
무성한 초록에서 겨울의 혹독함을 알기 때문이다
오늘도 너는 봄바람처럼 오고
나는 겨울바람 앞에 마른낙엽처럼 울고 있단다.
아. 삶속의 죽음이여
신기루 같은 내 사랑이여
슬픔이 익을 대로 무르익으면

빈 가슴 하나만 남은 사랑이
추억을 열어젖히곤 한단다.

붉은 노을이 강물에 핏빛 울음을 풀 때
긴긴밤 내 창가에 서성이는 사랑의 이야기들이
알알이 여물어 밤하늘에 별빛처럼 빛나는 것이리.
누구라도 그리움 하나만 바라보면서 울어본 사람이라면 안단다.
바위처럼 단단한 그리움을 잘게 쪼개지 않고는
누구도 사랑할 수 없다는 걸
사랑하는 사람이여
빛처럼 사라져라
꿈이 다하고 나면
아주 작은 흔적이라도 큰 상처가 되는 것
너라는 별은 하늘이 없어도 뜬다.
꿈꾼 자는 그리움 하나만으로도
슬픔이거나 아픔이거나 쓸쓸한 것들을
한평생 어루만지면서 살아가야 한단다.
밤마다 인생을 미워하면서 잠자리에 들어야 한단다.

왜 화를 내는가.

1.
불 같이 화를 내고나면
"순한 양 같은 사람이"
"저럴 사람이 아닌데"
자기 자신도 놀라고 남들도 놀란다.
누구에게나 잠재된 분노의 감정이 있기 마련이다
한순간 억누르지 못한 분노는 큼직한 상처를 안겨준다.
'내가 왜 그랬을까?'
'욱할 때뿐이다'
'뒤 끝은 없다'며 머리를 긁적인다.
하지만 너무 늦었다
화산처럼 폭발한 분노의 파편이
가슴속에 깊이 박힌 사람들은 어찌할 것인가

2.
지저분한 곳은 거리마다 있다
잘못은 집집마다 있다
분노를 늦추는 것은
자기 자신을 다스리는 가장 좋은 방법이다

심기가 깊은 사람은 분노할 시기를 기다린다.
남과 다툴 때라도 버럭 화를 내게 되면
그것은 감정을 앞세운 경솔한 다툼이 되고 만다.
바람에도 순풍이 있고 폭풍이 있다
마음 같지 않더라도
눈살이 찌푸려지더라도
언짢은 마음에 분노의 불길을 더하지 말고
귓가에 스치는 바람쯤으로 여기라

입을 꼭 다물자

세상에는 골목마다 집집마다 말이 넘쳐난다
말이 말을 낳고 말이 말을 낳다보니
긴 꼬리까지 달린다.
너도 나도 꼬리가 몇 개나 달린 여우일까
우리는 얼굴에 달린 눈과 입으로 말하고 싸운다.
따뜻한 가슴이 있다 해도
아기처럼 천진한 웃음이 있다 해도
그것은 내가 살기 위해 짓는 거짓에 지나지 않는다.

너와 나만이라도 서로를 끌어안고
누구에게도 독(毒)이든 말을 건네지 말자
나무에게도
바람에게도
물에게도
산에게도
향기롭지 못한 말이라면 입을 꼭 다물자
그들이 쥐꼬리만 한 믿음이라도 얹어줄 때
그렇게라도 하자

갈잎에 쓰는 연가

1.
갈잎에 반한 가을바람이 갈잎에 다가가 치근댄다.
속내는 싫지 않은 듯
갈잎도 다소곳한 흔들림으로 마음을 내민다.
후끈 달아오른 가을바람이 몸짓을 키우고 힘을 더한다.
억센 사내다운 몸짓이다
갈잎이 사랑의 환희에 정신마저 혼미해진 탓일까
갈잎도 바람도 서로를 껴안은 채
하늘로 솟구치고 땅바닥에 뒹군다.
늦바람은 무서운 것이다
몸조차 가누지 못한다.
갈잎이 연두색이던 초봄부터 숱하게 이어진 바람의 유혹에도
눈길조차 주지 않던 갈잎의 정절은 어디 갔을까
한 순간에 몸과 마음을 열지 않는가.
불타는 사랑을 위해서라면
몸도. 마음도. 목숨까지도 기꺼이 내던져야 하지 않을까
사랑은 불쏘시개와 불꽃같고 폭풍과 파도 같아야 한다.
내게도 갈잎과 가을바람 같은 열정과
야생마 같은 심장이 뛰고 있었던가?

2.
사람들이 눈을 돌리는 곳마다
갈잎과 바람이 늦바람이 나서 뒤엉키니
어찌 쓸쓸한 마음을 글 한 줄로 달래지 않을 수 있으랴
등 굽은 노인은 시인이 되었을 테고
여인에게 눈을 빼앗긴 친구는
벌써 사랑의 에세이 한 편은 쓰지 않았을까
갈나무 숲 사이로 가을바람이 치닫는다.
온갖 상념이 나뭇잎처럼 나부낀다.
혹시 갈잎의 사랑을 얻어낸 저 가을바람이
뜨거운 여름 들꽃을 유혹하던 그 바람둥이가 아닐까?

3.
갈 숲의 마음도
갈잎의 마음도
우리와 다르지 않다
가을이면 살아오면서 짓무른 가슴이 불타오르는 것이다
누구에게나 짝사랑은 애틋하고 눈물겹다
사람이 그리워 장밋빛 가슴으로 한 발짝 더 다가서도
사람들은 갈 숲의 짝사랑을 몰라준다.
그 상처가 갈 숲속 오솔길에 조약돌로 박혀있다
내 사랑도 내 눈에 조약돌처럼 박혀있다
내 눈에 박힌 내 사랑은 나에게 마르지 않는 눈물을 준다.
내 인생을 잘라내는 칼이다

그 상처가 너무 아프다

4.
숲은 싱그럽다
숲이 신성한 흙에 살기 때문이다
숲속 오솔길에 외로움을 타는 인파가 가을낙엽과 몸을 섞는다.
문득 태초의 생명을 느끼고 싶어 소리친다.
"모두 신발을 벗고 맨발로 걸어갑시다."
마음뿐인 그 외침은 목구멍을 벗어나지 못한다.
외치기는커녕 남의 눈치나 살피느라 신발조차 벗어들지 못했다
마음은 있어도 목소리 한 번 크게 내지 못하는 나
나는 집에서도 사회에서도
제대로 두들겨 맞은 징소리처럼
보란 듯 속마음 한번 내밀지 못하는 못난이다
산자락에 주름살 하나 없는 단풍이
스무 살 처녀처럼 탱탱하다
모든 풍경은 서로에게 둘러싸여 있을 때
그 아름다움이 더해진다.
장미꽃만으로는 볼품이 없지만
안개꽃 몇 송이만 어우러져도 그 아름다움이
어디에 내놓아도 뒤지지 않는다.
갈 숲과 바람은 서로를 아름답게 받쳐주는 장미꽃과 안개꽃 같다
자기 자신을 자랑하고 뽐내기는 쉽다
그러나 남을 위해 자신을 희생하는 것은

쉽지도 않고 빛나지도 않는다.
그래서일까
밤하늘에 반짝이는 별처럼
사람들은 저마다 자기가 다른 사람들보다 돋보이기를 바란다.
돌이켜보면 내가 그렇다
내가 자랑스럽기까지 했었다

그런 면이 나에게 돌이킬 수 없는 블랙홀이었고
어두운 그림자만 남기는 경우가 많았다
삶은 거룩하고 즐겁고 활기차게 살아야 한다.
내 삶속에는 오만과 방종.
무지와 짜증이라는 불순물이 섞여있다
삶은 불순물을 걸러내지 못하면 뼈아픈 후회를 남긴다.
깨우치고 후회할 때마다
한 걸음 두 걸음
본래의 내 모습에 더 가까이 다가서게 되겠지만
나를 찾아 떠난 길 위에서 나는
가을의 쓸쓸함을 닮아간다

삶은 누구에게나 다 그런 것이다

심장을 파먹는 근심걱정처럼
웃겼고, 웃기고, 웃길 일로
삶이라는 핑계로
그 치사함으로
거미줄 같은 세상에서
남몰래 끓여야 하는 애간장으로
왜 미쳐버리지 않았는지
침 튀기지 말라
거친 삶
모진 말이
말뚝처럼 박힌 가슴
속 시원히 열지도 못하는 입술끼리 말 한마디 섞지 말자
세상에는 차가운 심장이 뛰고
간사한 입술만 움직이는 것 같겠지만
정작 해야 할 말. 하고 싶은 말을
바윗덩어리처럼 안고 사는 사람들이 많다
어떤 이에게는 발뒤축에 매달린 큼직한 바위덩어리보다
신발 안에 모래 한 알이 더 아프고 무거울 수 있다
안 그래도 비틀거리는 발걸음에
무거운 삶 하나 더 얹지 말자

한 번만 더 깊이 생각해보면

서운한 말도
힘겨운 일도
손가락질 받는 일도
최악의 상황에서도
한 발짝만 더 물러서고
한번만 더 깊이 생각해보면
무거운 '짐'은 편안한 '잠'이 된다.
길이 멀어도 그 '길'을 '갈' 수 있게 된다.
'일'하는 즐거움 속에서 탱글탱글한 '알'곡을 거두게 된다.
'벌'은 독침을 버리고 반짝이는 '별'이 된다.
'악'은 나쁜 근성을 버리고 좋은 '약'이 된다.
'징그럽게 느껴지던 사람이 '정'겨운 사람이 된다.

아름답게

사람이 사람을
구김살 하나 없이 바라볼 수 있을까
시기하지도 미워하지도 않고
이슬 머금은 풀꽃처럼 방싯 웃어줄 수 있을까
칡꽃이 피는 산기슭이거나
풀 한 포기 자라지 않는 도심 어디서거나
뜨거워진 입술을 서로 맞댈 수 있을까
햇살을 햅쌀이라고 우겨대도
미움을 사랑이라고 우겨도
서로의 가슴속에 뜨는 꽃 무지개를 볼 수 있을까
세상의 모든 사람들이 서로를 가리키며
'너무 반가워'
'너무 아름다워'
가슴으로 소리치며
환한 웃음으로
종소리 같은 울림으로
사람들의 가슴속에 피어날 수 있을까

아는가?

부족한 것뿐인 삶이 불만인가?
누구나 그렇게 산다네.
넘치는 것보다 모자라는 것이
열정의 불쏘시개가 되는 것이라네.
알지 않는가.
많은 음식에 더 많은 파리가 들끓는다는 것을
행복이란 넘치는 것과 부족한 것의 중간쯤에 있다네.
아무런 노력도 하지 않고 행복하기를 바라는가.
그대가 신(神)이라면 안 될 것도 없다네.
신이 되는 방법을 가르쳐 달라고
아주 단순하고 간단하지
한 발을 가만히 물 위에 올려놓고
그 발이 물에 빠지기 전에
또 한 발을 옮겨 갈 수 있으면 된다네.
어때, 한번 해보려는가.

바람의 에세이

1.
삶의 오솔길에서
한 아름 사색을 던져주는 것이 바람이다
젊음의 열정을 한바탕 휩쓸고 가는 것도 바람이다
내 인생을 실은 배가 바다를 항해하고 있을 때
성난 맹수처럼
사정없이 몰아붙이는 것도 바람이다
바람 없는 세상이라면
머리카락이 헝클어질 일도
여인의 치맛자락을 걷어 올리는 황당한 바람도 없을 터이다
삶을 매몰차게 흔들어대는
바람 잘날 없는 세상이 원망스럽기도 하다
바람 부는 세상에서 흔들리지 않을 수 없는 것이 인생이다
삶의 오솔길을 더듬어 가면
누구에게나 기억 속에 남은 바람이 있다
초등학교 때 소풍을 가던 날
산 위에서 만난 바람은 동심에 꿈과 희망을 준 바람이다
찜통더위에 부채바람의 시원함을 어찌 잊으랴
여름방학 때 시골에 가면

더위와 모기 때문에 어린손자가 잠을 설칠까봐
할머니께서 부쳐주시던 부채바람도 잊을 수 없는 바람이다
구슬땀을 훔쳐가던 산바람들도
버스정류장에서 마주서야 했던 겨울바람도
아련한 추억속의 바람이다
내 인생을 스쳐가는 일진광풍(一陣狂風)이 아니었다면
나는 엄청난 더위를 견뎌내지 못했으리라
내 사랑과 달콤한 밀어를 나누고 있을 때
아카시꽃향기를 실고오던 바람도
내 사랑과 헤어지던 날
낙엽을 몰고 울던 바람도
내 마음을 게워놓은 바람이다

2.
늦가을바람이 불면
알몸을 드러낸 나무들이 찬바람을 원망한다.
피붙이를 떠나보내는 아픔만큼 처절한 것이 있을까
늦가을 산자락은 슬프고도 아름답다
한 잎 낙엽에도 삶의 무게가 얹혀있다
그 부스스함 속에서는 체념과 겸허함이 묻어난다.
전쟁터에서 부상병 사이를 누비는 위생병처럼
나무와 나무 사이를 넘나드는 햇살과
산허리를 휘감으며 토해내는 바람의 수런거림에는
한 생애를 마무리하는 안타까움이 묻어난다.

어찌 낙엽에서 느껴지는 바짝 마른 삶의 무게가
인생의 무게와 비교 될 수 있을까만
가슴으로 낙엽들을 받아 내는
늦가을 산이 토해내는 가을향기는 쓸쓸하면서도 달콤하다
한 때 저 낙엽에도 푸른 삶이 가득했었다
모진 비바람을 견뎌낸 수많은 날을 기억하라
그들이 살아낸 삶 또한 우리의 삶과 다르지 않다
그들이 살던 산자락에도 삶과 죽음이 존재한다.
누운 것들이 자신의 자리를 내어줌으로서
그 터전 위에 삶이 시작된다.
나무들도 낙엽들도 아름다운 순환을 통해
자신의 몫을 살아 내고 있는 것이다

3.
세상의 길목에 서서
지나온 삶을 돌이켜 보면
내 나름대로 최선을 다한 삶이었다고 말할 수 있을지는 몰라도
너무 많은 것들을 잃어버린 것은 아닌가하는 후회가 남는다.
나뭇가지를 흔드는 바람소리와
계곡을 흐르는 맑은 물소리
그 아름다움 위에 털썩 주저앉아
떡갈나무. 산국화. 도토리들이 들려주는
세상 이야기에 귀 기울이는 것도 좋으련만
늦가을 산에 수많은 발걸음

울긋불긋한 낙엽들의 이별이 안타깝지도 않은 것일까
무엇이 그리 급해서
가쁜 숨을 헐떡이고 있을까

4.
삶의 길목에 부는 바람은
도처에 시련이 널려있는 세상에서
힘들게 살아가는 영혼들의 아픔을 어루만져 준다.
부드러운 손길로 생명들을 쓰다듬고
초목들을 어루만져 꽃을 피우게 하고
그 향기를 벌 나비에게 전해준다
바람은 고독한 세상을 배회하는 길손이다
고향들녘의 풀냄새를 머금고 다가서는 향수이다
그리움이 일렁이는 이방인의 고향이다

자연에서 배우는 지혜

하늘처럼 경계를 허물고 태양처럼 따뜻해지라

나무처럼 굽히고 강물처럼 적셔라

바람처럼 걸림 없이 살라

잡초처럼 끈질기게 살라

꽃처럼 아름답게 살라

흙처럼 변함없이 살라

물처럼 부드럽게 살라

불꽃처럼 맹렬하게 살라

흙은 씨앗 한 알로 10개. 100개의 열매를 가꾼다.

물은 둑을 넘을 수 있을 때까지 기다린다.

최상의 불꽃은 영원히 삭으러들지 않는다.

이것이 삶이며 인생이다

언제까지나 변하지 않는 진리이다

물처럼

낮은 곳으로 흐르는 겸손
돌아가는 지혜
오물도 가리지 않는 포용력
어떤 그릇에도 담기는 융통성
어디든 스며드는 용기
바위도 뚫는 끈기
폭포수처럼 뛰어드는 대담함
호수처럼 잔잔한 성품
강물처럼 적시는 나눔
바다를 이루는 대의
이 모두를 본받아
강물처럼 흐르고 바다처럼 품으라.

말 속에는

말속에는
자기희생이 담겨있어야 듣는 이가 감격하고
따스함이 베어나야 듣는 이가 포근해지고
사랑이 묻어나야 듣는 이가 행복해진다.
가시 박힌 말은 듣는 이에게 상처가 되고
뼈가 들어있는 말은 듣는 이가 아프고
오만이 묻어나는 말은 듣는 이가 불쾌하고
이기심이 숨겨진 말은 듣는 이가 경계하고
독을 품은 말은 듣는 이가 해롭다
칼이 따로 있는 게 아니다
가시 돋친 말이 칼이다
잔인한 말은 듣는 이를 울리지만
따뜻한 말 한마디가 실의에 빠진 이들에게 희망의 손길이 된다.
좋은 말을 듣고 싶거든 자랑을 늘어놓지 말고
마음에 없는 말을 하기보다는 침묵을 지켜라

말을 할 때는
사심 없는 마음과
진지한 표정과

환한 웃음으로 하고
앞에서 할 수 없는 말은 뒤에서도 하지 말라
귀를 현혹하는 말보다 가슴을 훔치는 말을 하라

삶의 충고

살아가는 일이 막막할 때
세상에 혼자뿐이라는 외로움이 파고들 때
자신의 존재가 바람 앞에 가랑잎처럼 흔들릴 때
그런 것들이 삶의 밑거름이 되기를 염원해야 한다네.
한 발짝만 돌아서면 험난한 구비가 펼쳐져 있는 것이 인생이라네.
앵무새는 말은 잘하지만 독수리처럼 높이 날지는 못하지
말부터 앞서는 사람은 실속은 별로라네.
이미 끝난 일에 대해서는 다시 돌아보지 말게나.
발을 잘못 들여 놓았더라도
발을 헛디뎌서는 안 된다네
그대. 산을 옮기려 하는가.
그렇다면 나무를 베어내고
작은 돌부터 들어내야 한다네.
인생에서 성공을 거두는 비결은
기꺼이 남들이 꺼리는 일을 하는 것이라네.
언제고 알찬 열매를 거둘 수만 있다면
지금 당장 꽃이 피지 않는다고 발을 구를 일이 아니지 않은가
삶이란 성취할 목표가 없다면 만족을 얻을 수 없다네.

사람들은 구름과 바람의 의미를 모르고
계곡물과 바위를 알지 못하지
나무와 새가 웃고 골짜기가 들꽃과 손잡고
초옥(草屋)에 사는 나무꾼이 즐겁게 노래하는 의미를 모르지
세상은 고해(苦海)가 아니지만
사람들이 고해로 만들면서 산다네.
내려놓게나.
그리해야 가볍다네.

하루하루

"세상이 뜨겁지 못한 곳이라고?"
그런 말하지 마라
난 알아
삶은 교묘하게 벼랑 끝 전술을 구사하면서
날마다 너무 치명적인 정조준을 하고 있지
바람막이 한 칸 못 가졌어도
내 발은 항상 열정적이었어.
시간의 벽 속에 숨어있는 그리움은
왜 과거 지향적일까
그거 알아
잊을 수 없는 것들이
가슴에 비집고 들어와 난리를 쳐도
나만 뒤죽박죽이 되지 않으면 된다는 걸
잊은 듯 죽은 듯 살아가다보면
그것들이 더없이 사랑스러워진다는 걸

가슴을 따르라

세상에는
입으로 살려는 사람
머리로 살려는 사람
손발로 살려는 사람이 있다
입과 머리로 살면 삶이 가볍고
손발로 살면 몸이 무겁다
사람들은 머리에 눈과 귀를 보태 입으로 살고자 한다.
그렇게
자식이 되고
부모가 되고
선배가 되고
어른이 되고자 한다.
당신이 무엇이 되고자 할 때
머리와 가슴이 다투기도 한다.
그럴 때는 머리보다 가슴을 따르라
머리를 따르면 망나니가 되고
가슴을 따르면 성인이 된다.

세상을 향하여 노를 젓는다.

세상을 향하여 노를 젓는다.
사라져 가는 것
떨어지는 것
죽어 가는 것들을 외면하고
낟알을 줍고
그물을 던지고
날 것을 익혀 먹는 일
아, 부질없구나.
가슴이 얼지 않으려면
눈 감아도 선명한 것을 향하여
눈보라 휘날리는 엄동설한에도 배는 가야 한다.
깊은 밤 강가에 이는 바람소리
쓸쓸함 한 자락 베어주면 잠들까
집어등(集魚燈)을 끄고 남몰래 눈물짓는다.
두 번 살 수는 없는 게 사람 목숨 아니더냐.
세월은 가자고 재촉하는데
동심을 타고 놀던
내 꿈은 어디 갔을까

상처는 상처끼리

아픈 이별을 말하지 않아도 되는 따뜻한 상처는 없을까
술을 마시지 않아도 괴롭지 않은 바보 같은 슬픔은 없을까
정녕 세상에는 부드러운 칼날이 없는 것일까
그대. 꿀 같은 거짓말로 내 가슴을 빼앗더니
빼앗은 것은 돌려주지도 않았다.
부메랑 같은 것이 그리움이다
이별이 슬픈 건
헤어짐 뒤에 오는 혼자만의 그리움 때문이다
누구나 혼자이지 않은 사람은 없다
바람은 세상길을 걷다가 갔던 길을 다시 돌아온다.
그 믿음 하나면 가슴을 데울 수 있다
어쩔 도리가 없는 상처는 바람에 날려 보내자
그대가 나에게 던져주는 아픔으로
무거운 마음 하나라도 덜어낼 수 있다면
빈 가슴뿐이어도 어깨를 나눠주자

인생에 단 한 번뿐인 충고

1.
자기 자신을 추켜세우면 신뢰할 수 없는 사람이 되고
나쁘게 말하면 업신여김을 당할 것이다
그릇이 차면 넘치듯
사람이 자만에 빠지면 성품이 이지러진다.
강한 것은 부러지기 쉽다
팔불출이가 될지언정
해박한 법률가가 되지 말라
사람은 물 같아야 한다.
사람다운 사람을 만드는 것은 정직과 겸손이다
묻는다.
그대를 아는 이는 도처에 있겠지만
속마음을 터놓을 수 있는 이 몇이나 되는가.

2.
뽕잎으로 비단을 짜야하는 것이 삶이다
늙지 않도록 열심히 살라
세상이 속이더라도 신념을 잃지 말라
물이 너무 맑으면 물고기가 살 수 없듯이

사람이 너무 살피면 모든 것을 잃게 된다.
산골짜기를 흐르는 물이 강으로 흘러드는 것은
강물이 낮은 곳에서 흐르기 때문이다
일은 계획으로 시작 되고
노력으로 성취되지만
망설임과 자만으로 망치게 된다.
다른 사람들보다 앞서기를 바라는가.
그렇다면 그들의 뒤에 서라
그들이 너라는 무게를 느끼지 않도록 해야 하며
마음을 상하지 않도록 해야 한다.
부귀든 쾌락이든 지나치면 재앙이 된다.
바다는 막아도 입은 못 막는다.
웃음이 없다면 다른 사람들에게 다가가지 말라

3.
훌륭한 인격은
흙벽돌을 만드는 것처럼
으깨고 짓이긴 다음
잘 짜여 진 틀에 다져넣고 찍어서 말린 것이지
세상이 속이던가.
속이야 끓겠지만 어쩌겠나.
피땀으로 일군 진실을
간사한 입술로 덮을 수는 없겠지만
세상일이란 여러 사람이 우기면

강물도 불타고 날개가 없어도 하늘을 날 수 있다네.
사람이 살면 얼마나 산다고
무작정 세상이라는 탁류(濁流)가 맑아지기를 기다리겠는가.
때로는 흙탕물로도 얼굴을 씻어야 하는 것이 인생이라네.
숨 한번 고를 사이도 없이 뛰어가도
따라가기 힘든 게 세상이라네.

4.
세상이 두려운가.
세상을 향하여 주먹질하고 싶을 때도 있겠지
하지만 세상이란
자네의 분노나 조바심 따위는 아랑곳하지 않는다네.
세상은 자네가 따라오건 말건
저 혼자 휘적휘적 걸어간다네.
세상은 그런 곳이라네.

젊음

젊음은 판단하는 것보다는 행동하는 것이
타협보다는 실행이 적합하다
안정되고 평범한 것보다는
긴박감이 넘치는 모험이 더 잘 어울린다.
기회는 기다리는 자의 것이 아니다
꿀벌이 꽃가루를 따서 꿀을 만들듯 창조해야 한다.
독서는 완성된 사람을
담론은 재치 있는 사람을
필기는 정확한 사람을 만든다.
재능은 타고 나지만 능력은 피땀이 아니면 안 된다
좋은 신발을 신었다고 길이 가까워지는 것은 아니다
완성된 사람. 재치 있는 사람. 정확한 사람이 되려면
너 자신이 너를 혹독하게 채찍질해야 한다.
그것만이 여러 겹의 베일에 쌓여있는
세상의 미로(迷路)를 헤쳐 나가는 유일한 길잡이이다
젊음이여
모든 일에 자신감을 가지되 확신하지는 말라
확신은 의혹으로 끝날 확률이 매우 높다
그러나 의혹을 가지고 일을 시작한다면

신념이 옳았다는 것을 알게 될 것이다
젊음은 오래 머물지 않는다.

꿈을 기다리지 말라
꿈이 없는 젊음은 의미가 없고 젊음이 없는 꿈은 허망하다
세상을 주의 깊게 바라보고 깊이 생각하라
정상에 우뚝 서고 싶다면
불같은 용기를 실행에 옮겨라
지금 당장

너만 괴로운 게 아니다

버림받았는가.
세상은 그런 곳이다
가슴 베인 것이 그리도 야속한가.
그 상처가 화끈거리고 괴로운가.
울지 마라
너만 괴로운 게 아니다
저녁노을은 석양이 뱉어내는 이별의 아픔이다
저 별들은 추운 밤을 견뎌야하는
밤하늘의 살갗에 돋아난 피고름덩어리이다
자궁을 빠져 나온 신생아는 그 어미의 근심덩어리이다
그럴진대 피멍이 들도록 입술을 깨물어야하는
돌아앉은 사랑으로 하여 애통해 하지 말라
혹독한 아픔을 가진 사람만이
배신이 던져주는 잔혹함을 묵묵히 견뎌낼 수 있다
잊으라. 가슴을 채워주던 그 모든 것을
상처는 결코 살이 되지 않느니
한때 뜨겁지 않았느냐
한동안 뜨거운 것들을 어루만지다보면
가슴에 도끼자국도 아물지 않겠느냐
그렇게라도 살아가야하지 않겠느냐

밤의 유혹

돈과 여자 술과 섹스가 아니면
웃음소리가 들리지 않는 세상
자신이 놓은 덫에 걸려 흐느적거리고
거짓과 위선의 칼날을 숨기고
마법처럼 미소 짓는 사람들
저들의 웃음소리는
어디까지가 진실이고 어디까지가 거짓일까
하지만 다들 그렇게 사는데
뒷골목이나 기웃거리는 나 같은 녀석이
헛도는 세상에 취해 비틀거리지 않는다면
그게 더 이상하지

화날 때는 침묵하라

후회를 남기기보다 추억을 만들라
한순간을 참지 못하면 그것이 후회가 되고
참으면 그것이 추억이 된다.
서운해도 속상해도
마지막 말 한마디는 내뱉지 말라
삼키지 못한 말 한마디가
좋은 추억을 더럽힐 수 있다
사람이 변했어도
상황이 달라졌어도
좋은 추억을 간직해야 되지 않겠나.
잠시 후면 가라앉을 분노로
무엇과도 바꿀 수 없는 소중한 것을 잃지 말라

열린 마음

열린 마음으로 바라보면 편협함을 깨뜨릴 수 있고
마음을 차분하게 가지면 경망스러움을 다스릴 수 있다
마음을 크게 쓰면 저속함에서 벗어나고
사심이 없으면 공정할 수 있다
소탈한 습관을 기르면 적은 것에 만족할 수 있고
욕심이 없으면 허영심을 씻어낼 수 있다
한걸음 물러서면 재앙을 물리치고
학문에 힘쓰면 고루함을 떨쳐버릴 수 있다
이 모두를 네 것으로 하라

그대에게는 젊음이 있지 않은가?

아프리카 속담에
'죽어가는 노인은 불타고 있는 도서관과 같다'고 한다.
경험이 풍부하다는 말이다
다양한 서적을 많이 읽고 꾸준히 경험을 쌓으라.
자기 자신과의 싸움에서 이기지 못하는 젊음이란
망아지처럼 날뛰는 자기반성 없는 젊음이란
높은 벼랑에 낡은 외줄을 잡고 매달려 있는 것처럼 위험하다
삶은 누구에게나 무거운 등짐이다
실낱 같이 부여잡은 목표가 너무 벅차거든
그래서 손가락이 부러질 것 같거든
손을 놓으라.
두려운가.
생각보다 바닥은 깊지 않다
그대에게는 바윗돌이라도 한주먹에 깨뜨릴
젊음이 있지 않은가?
젊음이란 모든 야망을 품을 수 있는 것이다
누구나 바닥을 딛고 일어선다.
하늘을 나는 새들도 예외는 아니다

입술에서 새어나오는 달콤함에
귓속에서 맴도는 황홀함에
마음을 빼앗기지 말라
불타는 야망과
강한 투혼과
굳은 살 붙은 손발을 믿는다면
삶은 너를 실망시키지 않을 것이다

어둠속의 단상

1.

땅거미 짙어가는 데

내가 왜 어둑어둑한 어둠속에 혼자 서있는 것이냐

삶이 물 한 방울 나오지 않는 메마른 사막 같은 것일지라도

한 가닥 희망의 줄을 잡고 묵묵히 길을 걷다보면

한줄기 빛을 거머쥘 수 있으리라 여겼다

하지만 세상은 그런 게 아니었다.

희망은 욕망의 또 다른 얼굴이었다.

범람하는 세상의 강물을 건너느라

낡은 그물처럼 찢어진 마음조차 기우지 못했는데

언제 그물질할 틈이 있었겠느냐

인생이 덧없다는 걸 알았어야 하는 것을

그랬다면 무심코 지나치는 사람들이라도

살가운 온기 한줌 쥐어 줄 수 있지 않았겠느냐

달빛 고즈넉한 숲속에 뼈를 깎는 소쩍새 울음소리

빈 들을 뒤덮는 밤이 싫다

2.

인생이 바람이었느냐

언제까지나 야생마처럼 초원을 내달릴 줄 알았다
내 가슴에 담지 못해 빛나는 것들이
그 결핍을 바라보는 숭숭 구멍 뚫린 날들이
내 인생의 눅눅한 그늘에 곰팡이처럼 피고 있다
한 치 앞도 모르는 세상은
일분 일 초도 건너뜀을 허락하지 않았다
그렇게 또박또박 밟고 온 삶의 발자국
가슴을 짓누르던 삶의 무게를 여기다 풀어놓는다.
바쁘다는 핑계로 손 한번 잡아주지 못한
내 인생에 봄 햇살 같은 것들을
허망한 울음을 묻혀가며
소리쳐. 소리쳐
가슴이 터지도록 불러보고 싶구나.

3.
사람은 누구나 태어날 때부터 혼자인 것을
아무리 애절한 사랑이라도 내 가슴을 불태워야
또 한 가슴을 데워줄 수 있는 것을
인생은 열정의 불꽃이 꺼지고 나면
재도 남지 않는 촛불 같은 것을
인생이 저물면
그립던 마음도
애틋한 가슴앓이도
덧없이 저물어가는 것을

술

그립다고 한잔
잠 안 오니 또 한잔
안 취할 수 없는 기라
취하면 또 마시는 게 술인 기라
쓸데없는 일에도 술 한 잔쯤 있는 기라
술 한 잔 하면서 실없는 이야기라도 주고받아야
응어리진 가슴이 풀리는 기라
세상을 넘어서려고
굼실굼실 방파제를 기어오르는 파도처럼
저 높은 곳을 바라보면서 발버둥 치다보면
좋아서 한잔
속 터져서 한잔
안 마실 수 없는 기라
세상이 그러니
맨 정신일 수 없는 기라
너무 나무라지 말라
그게 술인 기라

인생학개론

허리 한번 펼 시간이 없다고
사는 게 왜 그럴까
한탄하지 말라
어디에도 희망의 빛이라고는 없는
참담한 절망의 나락에 나뒹굴어본 사람은 안다.
조금만 밑바닥을 벗어나면 밝은 햇살이 비친다는 걸
인생은 흘린 눈물만큼 그 의미가 깊어진다.
그곳이 어디든. 상황이 어떻던
넋 놓고 주저앉아 있지 말라
그대가 망연자실해 있는 동안
푸른 꿈이 시들고 세상이 무너진다.
시들고 무너지는 건 생각보다 빠르다
삶도 사랑도 한때의 뜨거움이다
그걸 깨닫는 순간은 아주 빨리 온다.
누구에게나 세상으로 뻗은 길은 자주 바뀐다.
길이 바뀌면 고뇌도 바뀔 것 같은가
그건 턱도 없는 소리이다
길이 바뀌어도 고뇌는 소고삐처럼 따라온다.
삶은 고뇌에 빠질 시간조차 주지 않는다.

세상사 누구에게나 매서운 채찍이다
흙먼지 흩날리는 메마른 땅에도 비가 오면 잎이 핀다.
행복은 저 하늘에 밝게 빛나는 태양이 아니다
그대가 건져 올려야 할 행복은
빛 한줄기 없는
누구도 내려가려하지 않는
음산하고 어두운 맨 밑바닥에 고여 있다
아직 너의 두레박은 바닥에 닿지도 않았다
헛되이 도르래질만 하다 줄만 낡았다
삶의 우물. 그 밑바닥에서 행복을 길어 올리자

눈을 낮추라

살아간다는 것은
낱알을 모으고 날것을 익혀먹는 일이다
아무리 풍족하게 살아도 부족함을 느끼는 게 삶이다
사람 사는 일이란
근심걱정 없는 날이 없고
하나 밖에 없는 피붙이가 눈을 감아도
한 입으로 단장의 울음을 뱉어내고 또 먹어야 한다.
건강을 잃으면
아. 이게 아니었는데 할 텐데
어느 하나 놓아버리는 것도 쉽지 않다
늘 변하고 흔들린다.
왜 모두들 질풍처럼 내달리는가.
바람처럼 걸림이 없어야 한다.
아무리 아름다운 풍경도
마음이 다른데 가있으면 눈에 들어오지 않는다.
절망과 고통, 갈등과 불만은 일상적인 삶의 모습이다
위를 쳐다보면 부럽고 불만스럽다
눈을 낮추라
아는가?

그대가 몸에 맞지 않는 옷을 입으려한다는 것을
마음을 짓누르는 것을 내려놓으면
복잡함이 단순함으로
고통이 희열로
좌절이 열정으로
불안함이 평안함으로 바뀐다
적은 것에 만족할 줄 알고 마음을 비울 때
삶이 홀가분하고 충만해진다

언젠간 좋은 날이 오겠지

그대와 나
길조차 가늠하지 않고
여기까지 와버리고 말았구나.
세상인심처럼 빗방울이 달라붙는 밤
막차도 끊겨버렸다
나는 무책임하게 그대를 바라본다.
그대 눈동자 속에 빛나는 별의 궤도를. 그 막막함을
하지만 어쩌랴
그동안 우리 인생이 너무 무겁지 않았느냐
돌아갈 수 없다면 더 멀리 가자
우리 앞에 어떤 운명이 놓여 있는지
그런 건 묻지 말자
그곳에서 꽃향기를 맡았고
불볕더위를 견뎌냈으니까
발자국마다 그리움이 따라다니겠지
울지 말자
눈물을 닦고 괜찮다고 말하렴.
가슴 부푼 삶이야 어디든 있지 않겠니.

어쩔 수 없지

그만둘 때를 안다는 것은 참 어려운 일인 것 같다
내 의지와 상관없이 그만둘 때도 있고
내 의지대로 멈춰야할 때도 있고
몸이 말을 듣지 않을 때도 있으니 말이다
어느 샌가 삶은 적당한 거리를 유지하는 법을 잊어간다.
그저 멀어지기만 할뿐이다
몸이 말한다.
쉬어가자고
그 말을 들어야겠지
머리도 아프고
옆구리도 결리고
자꾸만 힘에 부친다.
나 자신을 사랑할 때가 된 것이다
어쩔 수 없지
나중에 신발을 벗어 들고
전력질주를 하더라도

여기

1.
여기. 누구든 와서 친구가 되자
허례를 벗고 옳고 그름을 말하지 말자
그저 웃으면서 차 한 잔에 마음을 담자
햇볕을 들여놓고 바람도 들여놓자
여름가을이 몸을 섞을 때
꽃이 피면 꽃을
꽃이 지면 녹음을 들여 놓고
우정의 열매가 익어가게 하자
잠자리날개처럼 가벼워야할 마음이
삶에 무거워지지 않기를
우리 그것만 바라자

2.
이보게
자네나 나나 눈에 밟히는 것들이 있지 않나
우리가 마음대로 할 수 있는 것이 몇 가지나 되겠는가.
아프고 흔들리는 것은 삶이 있기 때문이지
자네와 나 시름을 벗어놓고

눈 맑은 햇볕이나 쬐다 가세나.
저기를 보게나.
숲속의 벌레들도 낙엽들과 뒤엉켜 쉬고 있지 않은가
우리도 숲 그늘에 털썩 누워 쉬어 가세나
무진장 쏟아지는 시원한 바람도 곁에 있지 않은가

어느 노숙자의 애환

갈 곳 없는 노숙자는 밤이 싫다
죽기보다 굽히기 싫은 자존심도 길바닥에 눕는다.
차라리 굶어 죽겠다던 샛별 같은 희망도 굶주림 앞에 맥없이 무너
진다.
무료급식소에서 한 끼니를 만날 때면
피붙이들의 모습이 떠올라 목이 멘다.
뉘엿뉘엿한 석양을 바라보노라면
아름다운 저녁노을도 암울한 어둠의 예시(豫示)일 뿐이다
깡 소주를 물 마시 듯 들이켜고
눈물을 덮고 길거리에 자존심을 눕힌다.
외진 산중턱의 어느 나뭇가지가 눈앞에 어른거린다.
"안 돼 여보"
"안 돼 아빠"
눈물범벅이 된 아내와 아이가 떠오른다.
그래. 다시 한 번 일어서자
돌부리에 걸려 넘어지지 않도록
천천히 그리고 꾸준히
눈앞에 피붙이가 삼삼해도
죽을힘을 다해 이를 악물자
훗날의 행복을 위해

바로 지금이 기회이다

처음 넘어졌을 때
그 원인을 깨닫고 반성하지 않는다면
너는 믿을 수 없는 사람이다
실수를 되풀이해서는 안 된다
가장 믿을 수 없는 말이 두고 보자는 말이며
가장 무기력한 말이 '그럴 수도 있겠지.'라는 말이다
오늘은 빈둥거리면서
내일은 땀을 흘릴 것이라고
개가 웃을 일이다
개미는 날개를 가지고 태어났다
그러나 개미들은 땅바닥을 기어 다닌다.
너 자신을 헐값에 팔아버림으로써
땅바닥을 기어 다니는 굴욕을 자초하지 말라
삶은 스스로 선택하는 것이다
과감하고 당당하게 살라
사람 사는 것처럼

슬프다

자세히 알지도 못하면서
사람을 마음대로 평가해버리는 인간
별로 친하지도 않으면서
찰거머리처럼 달라붙는 인간
별 볼일 없는 사이면서
너무 쉽게 친구란 단어를 갖다 붙이는 인간
자기 잘못을 반성할 생각은 안하고
잽싸게 다른 사람 탓으로 돌리는
약삭빠르고 비열한 인간
그게 누구냐고
나 말이다
바로 나
너는 아니라고?
ㅎㅎㅎ

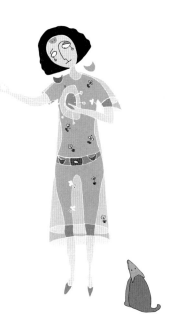

시간에 대한 단상

시간은 낮이면 빛줄기로 희망이 되고
어둠이 사람들의 손발을 묶을 때쯤이면
집어등(集魚燈)을 밝힌 어부들의 꿈이 되기도 한다.
새로운 시도를 할 때는 누구나 시간에 쫓긴다.
곁눈질할 여유 같은 건 없다
그런데도 늘 다급한 발걸음을 붙잡는 것들이 있다
시간은 수없이 지나친 삶의 길목에 도사리고 앉아
위험한 악당처럼 많은 것을 빼앗아가기도 하고
다정한 오누이처럼 상처를 어루만져 주기도 한다.
사람들은 그런 맛에 세상이 아름답다고 감탄했으리라
그러나 정말 깊은 상처는 시간으로도 어쩔 수 없다
도저히 아물 수 없는 상처는 목숨이 아니면 안 된다.
그 시간 동안 살가죽을 벗겨내는 것처럼 아파야하고
즐거움의 크기만큼 울어야 가까스로 아무는 것이다
그동안 시간은 잔인하도록 느리게 흐른다.
왜 사람들은 시간이 지난 후에야 그걸 깨닫는가.
진즉에 알았더라면 더 좋았을 텐데

빈 잔

1.
잔은 비울수록 여유가 있다
술이라도 좋고
세월이라도 좋고
정이라도 좋다
마음을 비우고
조급함을 비우고
집착을 비울 일이다
무언가에 자꾸만 집착할 때
일이 뜻대로 되지 않을 때
빈 잔을 보라
빈 잔은
물을 담으면 갈증을 풀어주고
술을 담으면 마음을 풀어주고
마음을 담으면 가슴이 따뜻해진다.

2.
자리가 비어 있어야 누군가를 맞이할 수 있고
잔은 비어 있어야 채울 수 있다

인생의 짐을 벗어 던져야
반목과 갈등을 뚫고
너와 내가 하나 되는 것을
빈 잔에 술을 따르고
빈 가슴에 너를 안아야 하는 것을
마음이 비워지지 않아 발걸음이 무겁다

호박꽃

넝쿨장미처럼
뭇 시선을 끌려 하지만
호박꽃은 꽃도 아니란다.
못생겼다는 말이 가슴을 짓누른다.
하지만 탐스러운 애호박이 보름달처럼 커갈 때면
누가 꽃을 탓할까
평범하지만
종갓집 맏며느리처럼
수더분하고 두리 뭉실한
그게 가슴 뭉클한 우리네 삶인 걸

술 한잔 하시겠습니까?

술 한 잔하시겠습니까?
마음이 취하고 싶은 날이 있답니다.
비워도 자꾸만 채워지는 상념
사랑이 떠난 빈자리의 허무함
가슴을 도려내는 지독한 슬픔
그리움도 아픔도 모두 마셔버립시다
사랑은 달콤하고
처절한 슬픔
아침에 잠에서 깨어나면
그립다는 메시지 한통쯤은 들어와 있을 것 같은데
가슴만 답답하고 마음만 아픈데
어떻게 취하지 않고 살 수 있을까요
독한 술에 마음껏 취해봅시다
봄바람이 꽃밭을 들추는데
봄볕 아래 쑥처럼
그리움이 쑥쑥 자라나는데
술잔을 부딪치던 추억이 있는데
사랑을 듬뿍 담은 눈빛이 있는데
세상이 미소하나 건네주지 않는데
어떻게 맨 정신일 수 있겠습니까?

당신에게 바란다.

당신에게 바란다.
사랑이건. 일이건. 꿈이건.
좋아 죽을 것처럼 하기를
억지로 웃기보다는 거짓 없이 눈물을 흘리고
현실을 핑계로 꿈을 외면하지 말기를
움켜쥐려고 하기보다는 놓을 수 있는 여유를 가지고
높이 올라서려하기 전에 내려다보기를
안전한 것보다는 모험을 즐기고
뛰는 것보다는 천천히 걷기를
누군가 힘들어하면 어깨를 다독여주고
보람찬 일이라면 서슴지 말고 뛰어들기를
힘들게 쌓아온 것들이 무너졌을지라도
절망적일 때 가장 큰 희망을 보게 되기를
세상이라는 큰 배에서
흔들리지 않는 사람이기를

내 곁에 서성이는 것들

가슴에 품었던 소중한 것을 내보내는 것은
생살을 도려내는 아픔이다
내보내기 싫은 것일수록 그 고통은 더욱 커진다.
사랑하던 사람을 떠나보낼 때는
몸과 마음을 가르고
슬픔과 후회 같은 것들이 빠져나갈 틈을 만들어주어야 한다.
그러나 이와 정 반대의 경우에도 고통을 느낀다.
늘 곁에 서성이지만
마음을 뒤흔들지는 못 하는 것,
언제나 제자리인 것,
아직 끝이 아니라도
"겨우 이런 것뿐이야"라고 쉽게 말할 수 있는 것
이처럼 품고 싶지 않은 것을 마음속에 들여놓는 것 또한 큰 고통
이다
뼈를 부서뜨리고 어렵사리 틈을 만들어서라도
그런 것들이 들어올 수 있도록 마음을 벌려주어야 한다.
"왜 마음에 들지 않는 것들에게도 마음을 내주어야 하지요?"
누군가 이렇게 물을 지도 모른다.
그리고 나에게 성심성의껏 대답하라고 한다면

"그건 지금 그들이 내 곁에 있기 때문"이라고 말할 것이다
그들이 내 곁에 있게 된 데에는 그럴만한 이유가 있을 것이다

내 대답은 아직도 완전하지 않다
내가 이처럼 모호한 답을 찾는데도 오랜 시간이 흘렀다
살아가면서 던지는 질문은 수시로 바뀐다.
내 대답도 그렇게 바뀔 수 있다면 좋겠다.
삶의 생살을 뚫고 들어오는 기분 나쁜 것들을
그냥 내버려 둘 수 있었으면 좋겠다.

후회는 없다

부모님은 늘 바른 길을 말씀 하신다
그 말씀은 모두 옳다
그 길이 가장 평탄한 길이라는 것은 잘 안다
하지만 그 길은 지루하고 따분한 길이기도 하다
부모님의 가슴은 숯을 굽게 되겠지만
나는 험하고 가파른 길을 가고자 한다.
사람들이 가리키지 않는 곳에도
눈에 보이지 않는 신비로운 세상이 펼쳐져있다
분명 내가 가려고 하는 길이 더 위험하고 숨 가쁠 것이다
세월이 흐르면 열정이 식을 거라는 당신들의 예측은 틀렸다
나는 무작정 짝사랑에 빠진 철부지가 아니다
내 심장은 더 뜨거워졌다
잔잔한 바다는 용감한 사공을 필요로 하지 않는다.
이것이 내가 풍랑이 거센 항해를 고집하는 이유이다

삶을 하늘빛으로 채워라

세상을 셈하는 데는
하나가 떨어지면 그 자리에 상처가 남는다.
하나를 잃어버리면 그 자리는 쓸쓸한 자리가 된다.
하지만 숲은 잃어버린 빈자리를
맑은 하늘과 신선한 바람으로 채운다.
소중한 것을 잃어버리기도 하고
피붙이 같은 것들이 낙엽이 되기도 하는 것이 인생이다
우리가 붙잡고 있던 것들이 낙엽처럼 떨어지고 나면
그 자리에 맑은 하늘을 들여놓아야하는 것이 인생이다
멍하니 늦가을낙엽을 바라보고 서있는 쓸쓸한 영혼은
가슴을 충만한 것으로 채우지 않으면 안 된다.
가을의 끝자락에 살포시 내려앉는 햇살도
바람의 가슴에 안긴 낙엽도
한 세상 푸짐하던 삶의 흔적이다
우리의 인생도 발끝에 차이는 낙엽 같아
눈가에 엉겨 붙은 눈물자국 떼어내고
갈퀴 같은 마음으로 계절의 후미를 끌어 모으면
눈시울 붉히는 추억이 스멀스멀 기어 나온다.
그런 것들이 슬픔을 주기도 하고

상념이며
그리움이며
기다림 위에 덧씌워지고
눈물겨운 세상의 밑거름이 된다.

인생은 한판 춤이다

시련과 고통은
삶의 한 귀퉁이를 부서뜨릴 수 있을 뿐이다
행복은 시련과 고통이 사라질 때 오는 것이 아니다
위기를 기회로 바라볼 때
우리 곁에 그 모습을 드러내는 것이 행복이다
삶의 고통은 너의 인내력을 시험할 수 있는 좋은 기회이다
그 고통은 지금과 다르게 살려고
너 자신이 저지른 것 아니냐.
고통과 기쁨
성공과 실패
환희와 슬픔은
삶을 겸허히 받아들임으로써 극복할 수 있다
인생이 너무 쉬우면 삶에서 엄숙함을 잃어버리게 된다.
"고난을 내려주십시오."라고 기도하라
시련 속에서 겸손함과 인내를 배울 수 있도록
너 자신이 그런 수고로움을 털어내려고 애쓰지만 않는다면
그래서 삶의 한 부분으로 자연스럽게 받아들인다면
인생이란 힘겨운 투쟁이기 보다는
한판 신나는 춤에 더 가깝다

지금이 더 좋다

흔하지 않기에
언젠가는 찾을 수 있는 거라고 생각하면서
멀면 멀수록, 고되면 고될수록
그 크기가 클 것이라고 믿으면서
가까이에 있는 것들을 소홀히 한 채
천신만고 끝에 행운을 찾는다한들
그것이 얼마나 값진 것일까?
뜬구름에 정신이 팔려
현실을 놓치고 사는 어리석음을
언제나 멈추려는가.
그러나 어렴풋하게나마 그 심정을 짐작할 수 있을 듯하다
손에 넣지 못할 것을 손에 넣으려고
과욕(過慾)을 부리고 집착하다보면
궁금증을 견디다 못한 행운이
슬그머니 다가와 들여다 볼 것만 같은
그런 착각 말이다
에라. 이 못난 놈아
뜬구름을 쫓아 다니느라
금 쪽으로는 얻을 수 없는 인생을 허비해

기분 좋은 일로 가슴을 채우라

우리의 일생이 열이라고 한다면
세상에는 내 마음 같지 않은 일이 아홉이라네.
삶은 절대다수가 골머리를 앓아야 하는 일이지
하지만 그중 하나는 가슴을 따뜻하게 채워주는 일 아니겠나.
세상은 늘 우리의 인내력을 시험하려 들지
중요한 것은 어떤 어려움에 처했을 때
묵묵히 견뎌내는 인내심과 긍정적인 태도라네
세상이 내 마음 같지 않다고
술잔에 코 빠뜨리지 말게나.
그만한 일에 바위 같은 심장이 무너져서야 되겠나.
인생이 행운이 될 것인가
아닌가는 자네 의지에 달려 있다네.
세상은 아홉 가지의 속 터지는 일이 아니라
단 하나의 기분 좋은 일로 풀어야하는 것이라네.
살아가는 일이란
마음 같지 않은 세상에서
쥐꼬리만 한 추억을 먹으며
헤프게 웃는 것이라네.

그때 알았더라면

인생에 있어서
어떤 목표를 지향하는 데는
강한 의지력이 요구되는 반면
지나간 일에 대한 체념도 요구된다.
그러나 사람들은 지금은 열심히 살려고 노력하지 않으면서
지나가 버린 '그때'를 그리워하고 후회한다.
"그때 참았더라면"
"그때 알았더라면"
지금이 바로 훗날에는 그때가 될 텐데
옛날 그때도 지금과 별반 다르지 않았는데
훗날 그때는 지금과 많이 달라져야할 텐데

살면서 비로소 깨닫게 되는 것들

1.
"할 수 없어"라는 말은
'할 수 있는 것을 하지 않겠다.'는 말이다
잘난척한다는 것은
별것도 아닌 일을 우쭐거리며 자랑한다는 말이다
무슨 일이든 부정적이거나 우쭐대서도 안 되겠지만
'괜찮다'는 안이한 생각으로 해서도 안 된다.
정작 내가 원했던 것을 못하게 될 수도 있으니까
사랑도 마찬가지이다
잠깐 한 눈파는 사이에
당신의 사랑이 멀리 가버린다.
행복은 첫걸음에 달려 있다
도착점을 계산하지 말라
그리고 너무 많은 다짐을 두지 말라
당신을 거짓말쟁이로 만들 뿐이니까

2.
모든 것은 지나간다.
세상의 거짓과 진실에 연연하지 말고

가슴을 채우는 일에 몰두하라
머리를 가슴으로 끌어내리는 데는
생각보다 많은 시간이 흐른다.
잠간 한눈을 파는 사이에
소중한 것을 보지 못하고 후회하게 된다.
누구나 이른 봄에 자신의 꽃을 피우고 싶어 하지만
봄에 꽃을 피우지 못했다고 좌절할 일은 아니다
언제인가는 중요하지 않다
꽃피는 날이 봄이 아니면 어떤가.

3.
사랑에 너무 매달리지 말라
불꽃이 거셀수록 더 많은 땔감이 필요한 법이다
새장이 좁으면 새가 푸른 하늘을 갈망하기 시작한다.
꽃나무가 더 크게 자랄수록
더 큰 화분으로 옮겨 심어야 하는 것처럼
사랑이 커질수록 가슴도 커져야 한다.
사랑이란 하나를 주고 하나를 바라는
냉철한 계산법이 아니라
모든 것을 주고도 더 주지 못해 안달하는 바보 같은 것이다
한번 떠난 사랑이 돌아오지 않으면
그건 처음부터 너의 것이 아니었다.
잊어버리고 살 거라
영혼이 입은 상처는 어떤 Healing으로도 치유되지 않는다.

그럴 땐 수백마디의 말보다 침묵하는 수밖에 없다

4.
손에 무언가를 쥐고 있으면 다른 것을 쥘 수가 없다
귀로 들은 지식으로 머리를 채우려하면 비웃음만 사게 된다.
타인의 식견을 자신의 머리에 채우는 것은
자신을 믿지 않는 어리석은 행동이다
무엇을 잘 안다고 말하는 그대.
진정 많은 것을 알고 있는가?
우리가 알고 있는 지식이란
누군가의 노예가 되기에도 모자란다.
그래서 삶이 늘 실수투성이가 된다.
사랑도 마찬가지이다
작은 것도 오래 들고 있으면 무겁다
옛사랑의 상처가 너무 무겁다면
그래서 팔이 아프다면 그만 내려놓으라.

5.
그대 외로운가.
외로움을 사람으로만 채우려 한다면
그대는 평생 외로움에서 벗어날 수 없다
외로움을 극복할 수 있는 것이 바로 체념과 연륜이다
외롭다고 생각하지 말고 그립다고 생각하라

인생은 단 한 번의 여행이었어.

산다는 것은
처음에는 나 혼자서
그러다가 둘이서
때로는 여럿이서
눈물겹도록 사랑하다가
사랑 때문에 울다가
인생의 어깃장 때문에 배 아프게 살다가
한줌 흙이 되는 것이었어.

산다는 것은
알고도 모른 척
사랑하면서도 아닌 척
그렇게 수백 번 스쳐가다 보면
어딘가 그 흔적이 남는 것이었어.

산다는 것은
그때는 정말 좋았는데
그때는 그게 아니었는데
후회하기도 하지만

가슴 아프고 외로워도
뒤돌아보면 지우고 싶지 않은 추억이었어.
그래, 인생은 단 한 번의 가슴 부푼 여행이었어.

너희들은 아니?

너희들은 아니?
삶은 자기 자신이 만들어 가야한다는 것을
난 이제 너무 심각하게 생각하지 않을 거야
지금은 어렵고 힘든 일도 지나고 나면
아무것도 아니었구나할걸
언제까지 고민을 끌어안고 끙끙 거릴 거니
이래도 저래도 세상은 흘러가
세상을 따라갈거니
세상이 따라오게 할 거니
쉬운 것은 세상을 앞서 가는 거야
그러기 위해서는
너무 까탈지게 굴지 말고
변명도 늘어놓지 말고
짜증이란 불순물이 섞이지 않도록 해야 하는 거야
아무리 똑똑하고 잘나면 뭐 하니
세상사 부메랑처럼 되돌아오는 걸 모르는데
그러지 않아도 될 것을
욱하는 성질 한번 참지 못하고
비수 같은 말 한마디 내뱉으면

다 부질없는 짓인데
말 한마디에 천 냥 빛을 갚는다는데
빚을 갚기는커녕
내 입에서 터져 나오는 말에
자꾸만 이자가 불어나는데
사람의 마음을 붙잡는다는 건
정말 어려운 거란다.

흔들리는 것들

바람에 나뭇가지가 흔들리듯
우리의 삶속에는 늘 흔들리는 것들이 있다
누구의 삶인들 흔들리지 않으랴
흔들리지 않는 것은 영혼이 없는 것뿐이다
서리 맞은 낙엽에도 한때 생명의 불꽃이 피어올랐었다.
메뚜기에게도 풀숲을 벗어나지 못하는 애틋함이 있었다.
하루살이에게는 단 하루가 일생이다
하루를 살건 백년을 살건 삶에는
늘 크고 작은 애환이 있는 것이다
숲도 바람의 길을 주고서야 허리를 펼 수 있었다.
사랑과 행복. 기쁨과 아름다움, 이런 것들은 짧고 가볍다
문제는 잊어버릴 수도 떼어놓을 수도 없는
길고 무거운 것들이다
단잠을 가져가는 이별의 슬픔과 그 고통, 그리움과 미련
이런 것들은 몸서리쳐지게 지겹기도 하지만
가슴속에 깊은 상처를 남긴다.
그대 떠나간 뒤 멈춰선 시간이
나에겐 피를 말리는 고통의 세월이었다.
주체할 수 없는 슬픔만큼

남몰래 흘린 눈물만큼
진즉에 숨 막혀 죽어야하는 것이겠지만
산다는 것은
그대가 없어도 우걱우걱 먹어야하고
코를 골아야하는 일이었다.

누구나 고물차처럼 덜컹대면서 사는 거다

지금 당장 죽어버리고 싶다는 생각이 든다 해도
결코 운명을 저주해서는 안 된다.
죽어도 지옥이고
운 좋게 살아난다 해도
다시 일어서기까지가 또 지옥이다
내 안에서 솟아 나오는 욕망의 열기
그걸로 살아가는 게 인생 아니냐.
누구나 고물차처럼 덜컹대면서 사는 거다
아침에 눈뜨니 다가와 있는 행복. 그런 건 없다
있다한들 눈이 시뻘건 사람들이 나한테 주겠느냐
고통 같은 건 지나고 나면 아무것도 아니다
좋을 때나 나쁠 때 어느 것이든 감칠맛 나는 것이 인생이다
출발선이 어디인지는 중요하지 않다
모든 어려움을 헤쳐 나갈 수 있다고
자기 자신을 굳게 믿어야 한다.
누구도 불가능하다는 말을 할 수 없도록 강해져야 한다.
삶은 무언가 결정적인 실수를 저질러 버리지 않으면
날마다 제 자리 걸음이다
그럴 용기가 없어 포기했던 실수도 저질러가며 살 일이다

그것으로는 죽지도 기절하지도 않는다.
죽음보다 무서운 것은
내 안에서 꿈틀거리는 야망을 잠재우는 일이다
강물에 뜬 나무토막처럼 산다는 것은 서글픈 일이다
삶의 무게를 견딘다는 것은
분명 사람을 지치게 하는 일이다
사는 것 그 자체가 수월한 일일 수는 없다
인내라는 말의 무게는 사람마다 다르다
왈가왈부할 일도 아니다
더 말해 무엇 하랴
인생길은 오르막이라고 하지 않더냐.
한 번 더 올라가보는 수밖에

그게 인생인 거야

"삶이 대단한 거라고"
성공한 사람의 것이겠지
삶이야 밋밋하긴 해도 감칠맛은 있지
일이 그렇고 사랑 또한 그렇지
잘 알고 있지 않은가.
먹구름이 걷히고 나면 태양이 빛난다는 것을
네가 빠져 있는 상황에서 한 발자국만 물러서보렴.
지금 네가 느끼는 고통은 그리 대단한 것도 아니고
목 놓아 울 일은 더욱 아니란다.
이제 그만 울음을 그치렴.
앞으로도 그런 일은 수없이 일어난단다.
대개의 사람들은 능력도 없고 용기조차 없잖아.
애만 태우지 뭘 어쩌겠어.
꽃이 피면 꽃을 보고
비가 오면 빗속을 걷고
눈이 오면 눈을 맞고
십년이 가고 이십년이 가고
그게 인생인 거야

철부지

머리를 싸매야할 때
펄펄 끓는 피가 문제였다
머리 하나 믿겠다고 큰 소리쳤다
공무원은 문제없다고
그까짓 거 걱정하지 말라고
하지만 뜨거운 심장이 낭만적인 밤거리를 마다할리 없었다.
게다가 내 방은 커튼을 치면 빛이 가려지는 다락방이었다.
공부해야할 시간을 침대에서 보냈다
그 결과 공무원은커녕
목소리는 잦아들었고 어깨가 축 쳐졌다
인생은 산마루에 걸린 석양처럼 짧고
시간은 대나무를 쪼개듯 살아도 모자란다.
인생이 얼마나 남았을까
그런 골머리는 앓지 말자
서둘러 공부하고
민첩하게 살고
뜨겁게 사랑하자
핵심만 챙기고
좋은 일만 꿈꾸자

여행자여

여행자여
숲속에서 길을 묻지 마라
당신들은 모른다.
숲속에는 수많은 생명들이 단잠에 빠져있다는 것을
당신들이 밟고 가는 발자국마다
그 여린 것들이 짓밟힌다.
지난 세월 나도 그랬지
내 가슴 속에는 눈보라가 몰아치고
그리운 것들이 짓밟혀 뼈마디가 툭툭 꺾였다
자네와 상관없는 일이지만 냉철한 이성으로 말해보게
한(恨) 많고 지워버릴 수도 없는 거추장스러운 세월
빗방울이 내려설 때 얼마간이라도 씻어 내리고 나면
나의 등 굽은 그림자가 끌고 온 메마른 삶도
꽃망울처럼 활짝 세상에 피어날 수 있을까를
내 비록 가슴속에 꽃씨 하나 묻어두지 못한
허망한 세월을 살았다 하더라도
그 아픔을 딛고

봉긋이 솟아오를 꽃눈처럼

아름답게 꽃필 수 있다는 것을 세상에 보여주려 한다네.
솜이불처럼 낙엽을 덮고 잠든 애벌레들은
겨우살이가 그런대로 아늑하겠지만
메마른 소리를 내는 세상이 빗방울에 젖을 때쯤이면
내 가슴속에 겨울바람이 들어와 잉잉거린다네.

길 위에서 길을 잃다

1.
왜 그랬을까
어느 하나도 가슴 속에 담아두지 못할 것에 마음을 빼앗기면서
숨 가쁘게 앞만 보고 달려왔을까
세상의 짙은 안개 속에서
화살처럼 나를 스쳐지나간 그 많은 것들은
내 인생에 어떤 표식을 남기려 했을까
맷돌 같은 삶의 무게도 사랑이 있어야 깃털 같은 것을
한 뼘조차 더 다가서지 못하고
스쳐지나가야만 했던 수많은 사람들
마음의 문을 닫고 무엇으로 행복을 말하려했을까
인생은 문을 열고 나와 문을 닫고 들어가면 그뿐인 것을
사랑을 여닫고
이별을 여닫고
목구멍도 여닫고
눈꺼풀을 열고 닫을 뿐인 것을
되돌아 갈 수도 없는 삶의 길 위에서
이제 어디로 가야 할까
몇몇일 고기 한 점 얻지 못한 짐승처럼 울어 보지만

땅거미 지는 어둠속에서는
집을 찾는 새들의 날갯짓소리만 들려온다.

2.
길을 만든 이는 말한다.
'길은 앞으로 가든 뒤로 가든 세상과 통한다.'고
그 말만 믿고 가다가 길 위에서 길을 잃었다
길 잃은 슬픔이 길을 걷는다.
물길 따라 물 흐르고
세상 따라 삶이 흐른다.
그렇게 흐르고 흘러
붉은 심장에 세월이 쌓이는 줄 몰랐다
세상의 한 귀퉁이에 무너지지 않는 탑을 쌓으려다
부질없이 낙엽을 쓸어 모은다
낚싯바늘에도 미늘이 없으면 물고기가 걸리지 않는 것을
삶이 경사지면 언젠가는 제 발로 굴러 내려가는 것을
길눈이 밝았다면 길에서 헤매지는 않았을 테지
그랬다면 화사한 봄날 벚꽃구경도 했을 테고
술맛이 유별나게 좋다는 것도 진즉에 알았을 테지

3.
화려한 파티가 끝나고
빈 술병만 굴러다니는 아침은 허무하기만 하다
어제와는 사뭇 다르다

그러나 희망을 가져보자
내 앞에 어떤 일이 기다리고 있을까
신세계가 도래하는 것을 그려보자
가 보지 않았다고 길이 없는 것이 아니다
길을 가는 이가 길을 찾는다.
하늘이 땅보다 높다고만 여겼는데
땅위의 길이 하늘과 겹쳐 있음을 본다.
땅 속에도 하늘이 있고 그 하늘을 통해 땅을 본다.
길을 가리키면서 그 길을 가지 않는 사람도 있음을 본다.
길을 가리키고 길을 잃는 사람도 있음을 본다.
내가 가보지 않은 길은 말하지 말자
길을 잃었다 해도
희망은 잃지 않도록
우리 모두 길동무가 되자

인생은 늘 혼자일 뿐이다

묻지 말라
누구도 앞일은 알 수 없지 않느냐
세상은 하늘처럼 광활하다
우리는 아주 작은 점 하나에 지나지 않는다.
길은 함정을 알려 주지도 않는다.
바른 길을 가리키는 이정표가 있을 리 없다
쉽고 편안한 길은 그냥 놔둘 리 있겠느냐
있다면 누군가 이정표를 반대로 돌려놓았을 것이다
별빛 사이에 날고 있는 비행기처럼
자신의 앞길은 스스로 개척해야 한다.
공기저항이 이만저만이 아니다
어느 순간에 난폭한 제트기류가 휘말리게 될지 모른다.
수시로 변하는 기류에 항로를 이탈하지 않도록 주의해야 한다.
어찌 하늘을 나는 비행기만 그렇겠는가.
우리가 발을 딛고 선 이 자리도
거친 세파가 밀려오는 바닷가 벼랑이다
정신 바짝 차리고 암초나 파도를 피해야만 한다.
누구도 믿지 말라
너의 길을 가는 것은
언제나 너 혼자일 뿐이다

발에 대하여

세상을 걸어온
물집이 잡힌 맨발을 보는 건 서글프다
후줄근한 점퍼를 덮고 벤치에 누운
어느 노숙자의 때 묻은 발과
그가 벗어 놓은 낡은 신발은
저희들끼리만 가슴을 맞대어서는 추위가 가실 것 같지 않다
몸을 가누기조차 힘들어도 앞장서야하는 것이 발이다
가시밭길이라도 들어서야하는 것이 발이다
온갖 궂은일에 앞장서야 하는 발이
온갖 등짐을 날라야 하는 발이
인간의 수레가 된 걸 기꺼워하기나 할까
발(足)의 또 다른 형태는 출발(出發)이다
사람은 발이 있어 어디든 갈 수 있다
누구에게나 앞일은 미지의 영역이다
이정표 같은 건 없다
다음 모퉁이를 돌았을 때 무엇이 기다리고 있는지
짐작조차 하지 못하는 것이 인생이다
사람은 발로 걷고
손으로 잡고

입으로 먹어야 한다.
밥을 벌기 위해서라면
어디든 디뎌야하는 것이 발이다
비틀거리는 발걸음을 탓하지 말라
길이 없어도 가야하는 것이 발이다

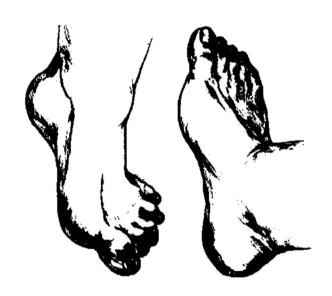

바람과 낙엽

'빛나되 눈부시게 드러내지 말고
이루되 공(功)을 돌아보지 말라'고
단언하건데 너는 그렇게 할 수 있겠느냐
손쉽게 자기 자신을 버린다는 것은 새빨간 거짓말이다
그러나 한 가지 분명한 것은
나를 버리지 않으면 진정한 내가 될 수 없다는 것이다
단순한 것은 사람을 매혹시키는 힘을 가지고 있다
안하던 서툰 짓을 하기보다는
늘 하던 낡은 방식을 고집하는 것도
다 살자고 하는 짓인데
두꺼운 얼굴로도 감출 수 없는 부끄러움이
꼭 내 집에 발을 들여 놓은 초승달을 닮았다
못할 짓도 제대로 한번 해보지 못하고
얼굴에 장작불 지핀 것처럼 화끈거리는
최소한의 양심이라는 것은
떨어지는 낙엽의 영역(領域)처럼
아리송하고 애매한 것
그것은 남의 집 담을 넘는 나뭇가지 같은 것이기도 하지만
어차피 삶이란 대나무처럼 곧게 쪼개기 어렵고

뒤엉킨 실타래처럼 헝클어지기 마련이다
그 부끄러움이 얼굴에 손톱자국처럼 떠오르겠지만
발뒤꿈치까지 발갛게 물들인 단풍잎처럼
이미 지나간 것들을 떨쳐버리지 못하고
그리움만 잔뜩 쌓아둔들 무엇하랴
이제껏 헛것을 붙잡고
대나무 숲속에 바람처럼 울었던 것을
헛것임을 알면서도
목숨 줄이기에 놓지 못한 것을

갈증

1.
무덥고 짜증나는 날
사랑에 굶주리는 가슴을
그리움 한 조각으로 속이는 것은 못할 짓이다
나는 피를 토할 것만 같은 너와의 추억을 더듬는다.
한바탕 꿈이라 하기에는 우리 사랑이 너무나 달콤했다
밤을 잊고 시퍼렇게 날선 내 마음
별 몇 개 반짝인다고
주저앉힐 수 있는 것이 아닐 테지만
바람 몇 개 다가선다고
그리움의 불꽃이 꺼지는 것도 아닐 테지만
새로운 청혼자에게 귓속말을 하고 있을 너의 곁으로 날아간다.
내 마음 깊은 곳에서 터져 나오는
'이것이 과연 가치 있는 일인가'라는 의문에
머리 위에서 반짝이는 별들이
일제히 '그렇다'고 대답한다.

2.
애야

네 가슴속에도
쓸쓸한 바람소리만 가득하구나.
그것이 삶의 참 모습이란다.
이 세상에 울면서 왔다는 것
그게 뭔 뜻이겠니.
눈물로 점철된 그것이 인생인 거야
한세상 살다 보면
힘들다. 힘들다 하면서도
언젠가는 환하게 웃을 날 있지 않겠니.
두려워 마라
세상엔 방패를 못 뚫는 창이 없고
창을 못 막는 방패란 없단다.
잘난 멋에 살다 벅차면 못난 멋으로도 살지
햇볕이 따가우면 비 맞는 재미도 쏠쏠하단다.
그게 사람 사는 재미란다.
모두들 그렇게 살아간단다.

가을이 아름다운 건

1.
가을이 아름다운 건
산머루가 익어가고 쑥부쟁이가 피어있기 때문이다
비록 절름거리며 세상길을 걸어왔지만
그리운 이름이. 그 얼굴이.
가슴속에 향긋한 열매로 익어갈 때
추억 위에 나뒹구는 낙엽이여
긴 이별을 붙잡고 울지 말라
겨울은 그리 길지 않다
누가 봄이 오는 것을 막을 수 있으랴
겨우내 눈 속에 얼어붙어 있는 민들레도
봄 햇살을 얻으면 꽃을 피운다는 것을 안다
온 세상 푸르러야할 젊은 날을 가져간
그 이름이 떠오르면 눈시울이 붉어진다.
언젠가는 모든 것이 떠나가는 세상인줄 알면서도
그리운 얼굴들이 손 흔들던 언덕배기에 서면
나도 몰래 울음을 삼켜야 한다.
그 옛날 친구들과 뒹굴던 풀밭에 누우면
그 얼굴들이 생생하기만 한데

어찌 떠들썩하던 마을길이 절간 같을까
하지만 이제는 안다
산모퉁이 돌아오는 길이 훤히 보이는 언덕배기에서
키 큰 고목나무처럼 살아가야한다는 것을

2.
서쪽으로 기울어지는 하루의 풍경 속에서
홀로 바라보는 먼 하늘이 너무 아름답다
인생이 깊어지면 구름처럼 그 거처를 묻지 않는 것을
인생이 아름답다는 말을 누가 믿을까
산중턱 절간에 내려앉는 소슬바람이 맑은 풍경소리를 낸다.
달빛 속에 낙엽들이 뒹굴고 염불소리 흩날린다.
대웅전지붕 위에 휘영청 밝은 달
고즈넉한 운치도
눈물겨운 쓸쓸함도
애간장을 끊어가는 그리움도
한 몸에 품고 있거늘
무엇이 그토록 애절해
온 누리에 쓸쓸함을 뿌리는 것일까

3.
낙엽이 진다,
아름다운 것부터
어디에나 '떨어짐'은 있다

우리 모두 낙엽처럼 떨어진다.
사랑도, 우정도, 인생도, 익고 삭아서
풍미가 깊어지기도 하고
벌레가 파먹기도 하고
가지가 부러지고
마르기도 하면서
낙엽처럼 떨어진다.

나는 누구일까

나는 누구일까
나에게서 내가 떠나버린 지는 이미 오래이다
나는 흩어져 있어도 여럿이고 뭉쳐있어도 여럿이다
머리도 입도 눈도 가슴도 여럿이다
생각도. 하는 짓도 제 각각이다
마음이 맞을 리 없다
어깃장 놓는 녀석들이 여럿이니
무엇 하나 제대로 되는 일이 없다
참다못한 내가 내 안에 나를 향하여 소리친다.
"야. 이 녀석들아"
"네 놈들은 왜 사사건건 트집을 잡고 지랄이야"
"책이나 좀 읽으려고 하면 잠이나 자자고 하고"
"일하려고 하면 놀러가자고 꼬드기고"
원수가 따로 없다
시도 때도 없이 서로 헐뜯고 싸운다.
바람 잘날 없다
날마다 폭풍우가 몰아친다.
싸움이 끝날 기미조차 보이지 않는다.
그것도 모자라 자꾸만 잠잠한 가슴을 휘젓는다.

눈 밖에 나는 일도 서슴지 않는다.

나는 나에게 떠밀려간다

조금씩. 아주 많이

이제 나는 내가 아니다

내 안에 나를 정복하여 식민지로 만들지 못하면

삶이 나를 조롱할까 두렵다

내 인생이 무의미하고 징그럽고 끔찍할 수도 있다

압박과 싸움에서 벗어나긴 나야 하는데

광복(光復) 같은 건 빛줄기도 보이지 않는다.

하루 빨리 잃어버린 내 영역을 수복하지 못한다면

삶이 나를 강아지만큼도 배려하지 않을 것이다

그러면서도 내 삶은 찬란한 빛을 발하고 있다

나는 내 안에 갇힌 것이 아니다

잠자는 것도 아니다

어떻게 나를 세상에 내어주어야 할까

이 한 몸 촛불처럼 태워 누군가의 가슴이 따뜻해질 수만 있다면

인생의 길고 짧음이 그다지 중요한 것이 아닐 것이다

정녕 나는 내 안의 나와 화합할 수는 없는 것일까

인생이 그냥 흘러가는 것 같지만 천만의 말씀이다

인생에는 그 구비마다 적절한 시기가 있다

한번 흘러간 것들을 다시 돌이킬 수 있다는 것은

지독한 착각이거나 거짓말뿐이다

내 인생의 도둑은 바로 나의 내면에서

호시탐탐 내 삶의 가장 값진 것들을 훔칠 기회를 노리고 있다
그릇된 망상과 막연한 기대가 꿈과 시간을 가져간다.
그러다 보면 우리에게 남아도는 시간은
고작 깔딱 잠을 잘 정도의 시간뿐이거나 아예 없다
인생이 가슴 부픈 것들로 채워질 것인가
삭막하고 인정머리 없는 것들로 채워질 것인가는
모두 내가 하기 나름이다
세상에 어느 것도 그저 이루어지는 것은 없다
뼈를 깎는 고통과 맞바꾸어야 한다.
그렇다고 방법이 전혀 없는 것은 아니다
값싸게 얻는 방법도 있다
그것은 성실함에서 흐르는 땀과 바꾸는 방법이다
위기는 '위험하지만 기회'가 된다.
성실함만큼 나 자신을 지켜줄 수 있는 우방은 세상 어디에도 없다
희망은 항상 용기 있는 사람의 것이다
참다운 나 자신을 찾는 길은
저마다 다른 목소리를 내는 내가 쥐죽은 듯 하나가 되고
묵묵히 앞으로 나아가는 길뿐이지만
나와의 전쟁은 끝이 보이지 않는다.
"야. 이 녀석아"
"언제 인간 될 래"

날지 않는 새

하늘 높이 날아올라야할 당신이
지금 단잠에 빠져있다
내일 또 비가 올 것이다
둥지를 떠날 수 없는 것이다
삶은 갈증이다
당신이 날개를 접었다면
당신의 꿈은 향기로운 술과 사랑의 열정 속에
흔적도 없이 파묻혀버릴 것이다
'눈과 귀'가 그것을 가르쳐주고 있지 않은가
꿈이 목표가 되고 계획이 된다.
계획을 실행에 옮기면 꿈이 실현된다.
날개를 가진 새는 마음껏 날개를 펼쳐야 하고
열매가 향기로운 나뭇가지에서 날개를 접어야 한다.
둥지를 박차고 날아올라 신천지의 바람을 맞으라.

내 말이 맞아

세상은 복잡한 것 같아도
사람들이 살아가는 방법은 참 단순해
자고 일어나면 밥 먹고
일하러 가거나 책 좀 읽고
그러다 졸리면 자고
그렇게 낮과 밤의 비좁은 틈새로 스며들다가
새벽이나 저녁처럼 사라졌다가
새벽 속에 숨은 저녁이나 저녁 속에 숨은 새벽에
벽돌처럼 꿈을 구워내곤 하지
단단하고 아름답게
그러나 꿈만 잔뜩 구운들 무엇 하나
거리로 뛰쳐나온 꿈들이 너무 무르고 차갑게 변해 있는데
어디 가서 한줌의 사랑이라도 얻고 싶어도
여명이 태양을 뱉어내고 나면
이기적인 꿈들이 넘쳐나는 거리에는
도둑고양이가 담벼락을 오르내리고
전속력으로 질주하던 악당들이 탄 자동차가
벽 앞에서 푼돈처럼 구겨지지
세상 속에는 아무것도 쌓이지 않는

허무한 시간이 흐르고
그것들이 사람들을 뜯어 먹어치우지
그렇게 세상의 하루가 시작 되고 끝나지
그게 삶이지

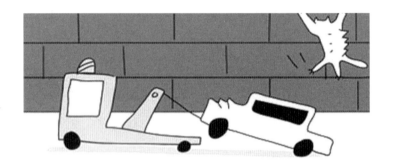

이 시대의 소통이란

이 시대의 소통이란
독기 오른 독사처럼 혀를 날름거리며
마주 앉아 개처럼 짖는 것이다

이 시대의 소통이란
바늘로 찔러도 피 한 방울 나지 않는 냉혹한 경제논리로
서로의 머릿속을 생쥐처럼 갉아 먹는 것이다
속내를 감춘 이빨로 서로를 물어뜯는 것이다

이 시대의 화목함이란
빈틈없는 계산과 이기심이 서로 뒤엉켜
어디가 꼬리인지 어디가 머리인지
잊어버려야 하는 것이다

이 시대의 배려란
내 손에 박힌 가시
남에게 더 깊이 박아 넣는 것이다

이 시대를 살아가는 비결이란
식탁 위에 바퀴벌레처럼
재빠르게 도망치는 것이다

돌진 & 돌진

자기계발
그런 건 핑계일 뿐이야
이게 좋을까
저게 좋을까
백날 머리를 싸매봐야
시간낭비일 뿐이야
골머리 앓지 말고
죽이 되건 밥이 되건
팔을 걷어붙이고 맞붙어 싸워
그래야 너 자신이 누구인지 알 수 있어
백날 끙끙거려 봐야 머리만 아프지
백문이 불여일견이라고 하지 않나
세상의 집들은 부서져라 문을 두드려야 열리지
열심히 대문을 두드려 봐
구정물을 뒤집어쓰고
쫓겨나 침 뱉는 한이 있더라도
그러다 보면 어느 집에선가
수건 한 장과 아랫목을 내어줄지도 모르잖니

유골

뼈만 남은 유골 한 구
휑한 두개골과 앙상한 갈비뼈
부지깽이 같은 두 다리
세상을 떡 주무르듯 하겠다던
호기로운 모습도
부지런한 일꾼도.
군중을 열광시키던 혁명가도 아니다
오히려 세상의 모든 뼈들처럼
무섭고 괴기스럽고 서글퍼 보인다.
인간은 살을 버리고서야
완전한 평등을 이루는 것을
어찌 뼈와 살은 욕심을 버리지 못하였는가.
세상의 모든 뼈들이 별반 다를 게 없는 것을 보면
삶과 죽음 사이에 놓인
인생이 보인다.

삶의 이야기

삶을 갈망하는 사람들과 함께 감격의 눈물을 흘리고자 했지만
눈뜨고 보지 말아야 할 것을 보고 말았을 때
땅을 치며 세상을 원망했다
왜 현실이 가혹해야만 하는지
속 시원히 대답할리 없는 세상에서
무너져 내리지 않기 위해 신께 기도했다
사랑의 힘으로 이겨낼 수 있도록 해달라고
신께서 응답했으나
나는 신을 원망해야했다
다 알고 있었으면서도
눈뜨고 보지 못할 것을 보고도
외면해야한다는 것을 알고 있으면서도
참을성 없는 나에게 꼭 그것을 보였어야 했느냐고
그렇게 나는 신과 멀어졌고 신을 찾지 않았다
그로부터 흐르는 시간이 나를 삼켰다
눈뜨고 보지 말아야 할 것을 보고도
내게는 한줌의 혈기조차 남아있지 않았다
그저 한 인간으로써 평범하게 살아갈 것이다
이제 세상을 탓하지도 신을 탓하지도 않을 것이다

내게 주어진 시간이 그리 많지 않음을 알기에
내 뜻대로 되지 않을 세상이기에

삶 하나 받침 하나

꽃을 적는다고 그 향기까지 적을 수 있을까
사랑을 적는다고 그 가슴까지 적을 수 있을까
어떤 상황을 글로 적을 수는 있겠지만
생명이 품은 참뜻을 받아내지는 못한다.
꽃들이 하는 말은 저마다 다르지만
하나 같이 아름답지 않은가
바람의 소곤거림은 다 똑같지만
봄바람은 포근하고 가을바람은 쓸쓸하지 않은가
만약 사람들이 똑같은 말에 각각 다르게 반응한다면
우리는 어떤 표정을 지을까?
인생의 쓴맛을 수없이 보았어도
여전히 인생을 모르지 않는가.
유리벽처럼 훤히 들여다보이는 삶이 아닌
받침 하나에 의미가 변하는 삶이 아닌
사람도 그의 인생도. 삶도. 사랑도.
저 하늘처럼 변함이 없었으면

어떤가.

어떤가.
이제야 세상이 녹록하지 않다는 걸 알겠는가.
눈꼴사납고 배알이 뒤틀리는 일도
억울하고 분통 터지는 일도
아무렇지도 않은 것처럼 견뎌내려면
'으르렁' 거리기라도 할 수 있어야 하는 거다
그렇다고 일부러 전투태세에 돌입할 필요는 없다
싸우지 않고도 이길 수 있는 기회는 얼마든지 있다
싸우든 싸우지 않던
인생이란 네가 원하든 원하지 않던
세상이라는 덫에 걸려 신음하게 되는 거다
삶이란 그렇게 심통을 부리는 거다
삶을 길들이지 못하면
너 자신이 길들여질 수밖에 없는 거다
이 세상에 보장된 것은 아무 것도 없다
오직 기회만 있을 뿐이다
삶을 이길 수 있는 기회를 놓치고
가슴 치는 사람이 되지 말라

2.

사람은 운명의 포로가 아니라 자기 자신의 포로일 뿐이다
어떤 형태로든 "될 대로 되라"고 삶을 팽개칠 때
큰 사단(事端)이 생기는 거다
삶을 팽개치면
그건 너 자신의 운명을 뒤바꾸는 거다
희망은 볼 수 없는 것을 보아야 하고
만질 수 없는 것을 만져야 하고
불가능한 것을 이루어야하는 것이다
세상은 역경과 고통이 가득한 곳이긴 하지만
그것을 극복하려는 용기 있는 사람들로 넘쳐난다
한 가지 분명한 것은
너도 그들 중 한 사람이 되어야 한다는 거다
땅을 치고 후회하지 않으려면

원망과 용서

세상으로 나아가는 뱃길은
산더미 같은 파도를 헤치면서 쉬지 않고 노를 저어야 한다.
험한 뱃길에 길잡이가 되어주는 것은 희망뿐이다
사람과 희망을 잇는 다리는 사랑이다
오직 사랑만이 삶의 의미가 된다.
사랑은 추운겨울에 아랫목을 내어주는 그런 것만이 아니다
상처도. 그 아픔도 솜이불처럼 덮어주어야 하는 것이다
신분이 낮은데다 가난하다고
발끈하는 성질까지 없다고 생각하는가.
나도 뜨거운 열정을 가진 사람이다
불과 화약이 만나면 그 절정에서 폭발하고 만다.
극단적인 이기심은 극단적인 종말을 맞는다.
미움과 이기심은 잘 차려진 밥상만 걷어차는 것이 아니다
추억도. 연민도. 그리움도. 한꺼번에 걷어찬다.
만약 신께서 당신이 아닌 나에게
당신의 능력과 재산을 주셨다면
지금 내가 힘들고 괴로워하는 이 기분을
당신도 똑같이 느끼게 해주었을 것을
하지만 미움을 미움으로 덮을 수는 없다

사랑하던 사람을 미워하는 것만큼 괴로운 것도 없다
미워하는 사람을 사랑하는 것처럼 어려운 것도 없다
사랑으로도 덮을 수 없는 것이라면
미움도 원망도 놓아주자
바람처럼 놓아주자

꽃을 꺾지 말라

꽃을 꺾지 말라
꽃인들 목이 잘리고서야
어찌 꽃이 생명의 향기를 품을 수 있을까
그 꽃향기는 죽어가는 단말마의 비명에 지나지 않느니
생명이 꽃이라면 사랑은 꿀과 같은 것이다
꽃도 사랑도 꺾고 싶은 욕망으로부터 벗어나야
햇살과 바람 사이에서 아름다움을 낳느니
사랑하는 사람이라 하여 무작정 다가서지 말라
사랑은 적당한 거리를 두고 서로를 그리워하는 것이다
들꽃과 나무들과 산과 산도 서로 떨어져 있어야
그 사이에 햇볕과 바람이 드나들고 새들이 날아든다.
사랑하는 사람을 너의 우리 안에 가두려하지 말라
사랑은 마음껏 자유로울 때
서로의 가슴에 그리움을 채워주면서
한 목숨처럼 어우러질 수 있는 것이다

손

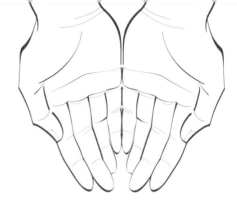

염치없이 내밀던 손
눈물을 주던 손
양심을 훔치던 손
주색을 탐하던 손
음모와 놀던 손
증오를 움켜쥔 손
부끄러움을 가리던 손
해괴한 복을 빌던 손
의식이 깨어 있든
잠들어 있든
헛것을 꿈꾸고 있든
몸은 손이 부끄럽지 않은 모양이다
추악한 것들을 움켜쥐다가
가련한 것들에게 손사래 치다가
찢어진 손의 상처를 몸이 꿰매고 있다
궂은 것을 걷어내고
밥을 얻는 손이 가련한 것이다
고마운 것이다

나는 바보였다

"있잖아"
"나 고백할 게 있거든"
그에게 좀 더 그에게 가까이 다가가고 싶어서
정말 순수하게 가슴을 열고
때 묻은 가슴을 보여주었다.
그도 처음에는 너그러운 미소를 지었다
그러면서 나로부터 떠나고 있었다.
알고 보니 그의 미소는 칼날을 갈고 있었다.
마음속의 비밀은 무덤까지 가지고 가라던
인생의 당부를 잊어버린 나
나는 바보였다

아름다움과 그 뜨거움

부드러운 눈빛을 가진 인간들보다
사나운 눈빛을 가진 동물들이 거짓이 없고 솔직하다
활동이 자유로운 인간들보다
태어난 자리를 벗어날 수 없는 꽃과 나무들이
주변 풍경과 더불어 그 아름다움이 더하다
인간들이 돈과 권력을 찾아 헤매고
온 몸에 빛나는 명예를 치장하지만
명예가 꽃보다 아름다울 수 없고
돈과 권력이 개의 충직함보다 참될 수 없다
누가 뭐라 하지 않아도 바람이 부는 날은
세상의 중심이 갈대밭으로 쏠린다.
강바람에 머리카락 휘날리는 사람아
얼어붙은 강물을 바라보며 고개 숙인 사람아
아름다움이란 마음속에 있는 한 언제까지나 그리움이다
그것이 세상에 드러나야 황홀한 빛이 된다.
나는 그것을 찾으며 숭배하느니
그보다 더 찬미할 것이 무엇이랴
사람은 외모가 아닌 내면의 아름다움으로 하여 영예롭고
세상은 사랑하는 사람으로 하여 뜨거워지는 것

나는 그것을 즐기려 한다.
그 아름다움이
그 뜨거움이
한낱 기억 속에만 남아 있는
빈말 같다고 해도

나눔의 향기

'이긴 자가 다 갖는 것이 당연하다'고
그런 세상이 아름다울 수 있을까
목숨보다 이익이 앞서는 세상이 따뜻할 수 있을까
맑고 깨끗한 물을 먹어도
뱀은 독을 만들고
사슴은 뿔을 만들고
꽃은 향기를 품는다.
'내 것을 남 주면 손해'라고
모르는 소리하지 말게
비록 적은 것이라도 함께 나누면
그것이 세상 속에서 열매를 맺는다네.
그게 세상을 아름답게 만드는 씨앗이라네.
갓 심은 씨감자 같은

2장 사랑

빗소리에 귀 기울여봐
내가 너에게 다가가는 소리야
귀를 막아도 들을 수 있어
사랑은 그런 거야
그저 바라보는 것만으로도 가슴이 울렁거리고
네가 없어도 네가 내 곁에 있는 것만 같고
생각만 해도 얼굴이 달아오르는
그게 사랑인 거야

그런 게 사랑인 거야 中

모닥불처럼 따뜻한 사랑의 연가

누가 사랑이 달콤하다고 하는가.
사랑은 당신이 지금까지 느껴보지 못한 아픔이다
그러면서도 감미롭다
한번 사랑을 바라보기 시작하면 눈을 떼지 못한다.
이름 없는 들꽃도 바라보는 만큼 아름답다
사람도 누군가를 사랑하는 만큼이 그의 인생이다
내 안에서 타오르는 사랑의 불꽃으로
누군가의 심장에 불을 붙여
그 사람이 나를 향해 불나방처럼 날아들게 하는 것이 사랑이다
사랑이여
나에게로 오라
와서 불쏘시개가 되라
사랑은 가슴과 가슴에서
모닥불처럼 타오르고 군고구마처럼 익어간다
사랑은 용서보다 거룩하고 기도보다 간절하다
너는 내게 아픔이어도
나는 너에게 불꽃이다
너를 사랑할 수 있다면
내 심장에 못을 박아도

내 목숨을 걷어가도
나는 좋으리.

그렇게 세월이 불타고
마침내 너를 향한 열정이 재가 되어도
네 곁에 내 마음 하나 비빌 언덕이라도 남아있다면
그 땅에 허수아비처럼 서있을지라도
너 하나만 사랑할 수 있다면
그보다 더 좋을 순 없으리.

모든 것을 사랑하라

모든 것을 사랑하라
빈 가슴으로
태양을 사랑하라
따뜻함을 주지 않느냐
비를 사랑하라
목마름을 씻어주지 않느냐
밝음을 사랑하라
길을 밝혀주지 않느냐
어둠을 사랑하라
별을 볼 수 있지 않느냐
행복을 사랑하라
네 가슴을 채워주지 않느냐
슬픔도 사랑하라
너를 가다듬어주지 않느냐
난관을 사랑하라
그것이 너의 도전이다
야망을 사랑하라
너를 분발하게 해 줄 것이다
실패를 사랑하라

너에게 좋은 경험이다
강건함을 사랑하라
결국 너도 인간이다
온순함을 사랑하라
사람들이 너를 따를 것이다
부유한 자를 사랑하라
그는 열심히 살아온 사람이다
가난한 자도 사랑하라
그는 삶이 고통스러운 사람이다
젊은이를 사랑하라
그에게는 희망과 생동감이 있다
늙은이도 사랑하라
그는 경험이 풍부하다
모든 것을 사랑하라
그들은 너의 이웃이다

진정으로 사랑한다는 것은

사랑의 고뇌처럼 괴로운 것이 없으며
마음 아프게 하는 것도 없다
멀리 있든 가까이 있든
애끓는 것이 사랑이다
사랑한다는 것은
한 조각 햇살만 받아도
그 설렘이 꽃밭을 거닐고 그 환희가 가슴에 차오른다.
그러나 그 사랑이 가슴에 박힌 화살처럼 아플 때도 있다
새가 바라는 것은 황금새장이 아니라
하늘 높이 날아다니는 것이다
하늘이 무너지고 세상의 길모퉁이에 주저앉고 싶을 때
한걸음만 더 물러서라
한 뼘 차이는 작지만
그것이 인생을 바꾸어 놓는 큰 흐름이 된다.

진정으로 한 사람을 사랑한다는 것은
내가 사랑했던 사람이
다른 사람의 손을 잡고 길을 걷고 있을지라도
돌부리를 걱정해야하는 것이다

한 그루 꽃나무처럼
내 꽃밭에 옮겨 심고 싶어도
그 사람이 아플까봐
다른 사람의 꽃밭이라도 물을 주어야하는 것이다
그래야만 마음 편한 것이다

사랑은 헌신적이어야 한다.

사랑의 불길은
그 뜨거움을 알아차리기도 전에 영혼을 불태운다.
누군가를 사랑한다면 마음껏 불타 재가 될 일이다
사마귀수컷은 무작징 암컷을 사랑하지만
암컷은 다르다
수컷을 머리부터 먹어치운다.
사마귀수컷은 단 한 번의 사랑에 목숨을 바치는 것이다
가시고기수컷도 헌신적인 사랑을 한다.
암컷이 산란을 하면
가시고기수컷은 먹지도 않고 필사적으로 알을 지키지만
알에서 부화된 새끼들이 그 아비의 살점을 뜯어 먹는다.
세상에 사마귀수컷과 가시고기수컷의 사랑처럼
목숨을 내주는 사랑이 어디 있으랴
사랑은 목숨을 주고 얻을 만큼 헌신적이어야 한다.
사랑은 아름답고 숭고하다

2.
사랑은 어느 날 느닷없이 찾아온다.
그 시기는 알 수 없다

그 대상도 모른다.
어느 날 자석처럼 너를 끌어당긴다.
이건 아닌데
이러면 안 되는데
하루에도 몇 번씩 마음을 다잡아 봐도
재빠르게 달려온 사랑 앞에 너도 기다렸다는 듯 성큼 다가서게
된다.
날이 갈수록 멀쩡했던 눈까지 멀어지고
오직 한 사람의 목소리 밖에 듣지 못하게 된다.
그렇게 이어지는 불면의 밤이면
바짝바짝 입이 마르고 가슴이 타들어간다.

3.
큐피트의 화살은 무서우리만치 날카롭다
단 한 개의 화살촉에 흘려야하는 피가
강물처럼 외로운 밤을 적신다.
은밀한 사랑일수록 더 애틋하고 뜨거운 법이다
사람들은 이루어질 수 없는 사랑 같은 건 없다고 소리친다.
그리 될걸 뻔히 알면서도
이루어질 수 없는 사랑에 목숨을 걸고
비록 비운으로 끝나버릴 사랑이라 해도
그 사랑은 피를 흘리며 감당해야하는 목숨 줄 같은 것이다
완전무결한 사랑이라면 더 이상 바랄게 없겠지만
몰매 맞아 마땅할 사랑일지라도

누가 그 사랑을 비속한 것이라 속단할 것이며
누가 돌을 던질 수 있으랴
지금 아픈 사랑을 나누는 사람들은
안 그래도 많이 아프다
이 세상 모든 사랑은 핏빛이다
가슴 아픈 사랑이라 해도
그 사랑에 가까이 다가서고 보자
그렇게 한 가슴이 되자

4.
사랑은 서로에게 버팀목이 되어준다.
변질되고 왜곡되지만 않는다면
집착으로 망가뜨리지만 않는다면
망아지처럼 날뛰지만 않는다면
사랑은 그 자체만으로도 충분히 아름답다
누군가를 사랑할 수 있을 때 사랑하라
사랑엔 오직 두 사람만이 존재한다.
어떤 조건도 생각하지 말라
사랑할 수 있다는 건 심장이 펄펄뛰고 있음이다
사랑은 이것저것 따져보는 냉철한 머리가 아니라
아무것도 모르는 가슴으로 안아야하는 것이다

5.
사랑할 땐 사랑하는 사람만 바라보라

그 사람만 생각하면 가슴이 뛰지 않는가.
눈빛은 꿈을 꾸듯 허공을 맴돌고 있지 않는가.
무언가 콱 치받쳐 오르면
멀미난 것처럼 속이 울렁거리지 않는가.
그리움이 빛바래지 않는다는 게 참 신비롭지 않은가
사랑할 수 있다는 게 가장 큰 행복 아니겠는가.
비록 그 때문에 죽게 될지라도
그 사랑이 찾아오면 반가이 맞으라.
머리로 셈하지 말고

신성한 자비

사랑하는 사람들은 가슴이 넉넉해진다.
이는 충분하리만큼 서로를 끌어안기 때문이다
사랑은 언제까지나 지속되어야할 그리움이다
내가 불구덩이 같은 배신의 슬픔 속에 빠져있는 동안에도
너의 배신은 기억하지 않으려 한다.
그러나 인간의 한계가 그것을 불가능하게 만든다.
너와 나 사이에는 건널 수 없는 강이 있었다.
애정의 아름다움을 거꾸로 전달해야하는
가슴 아픈 언어가 '이별'이다
얼마나 불행한 일인가.
슬픔으로 분리해야하는 그리움 속에서
불꽃처럼 이글거리는 애정이 고통스럽다
그것은 높은 도덕기준을 내세우는 명분을 비웃었고
비탄과 불안이라는 슬픈 처지에 나를 내버려 두었다.
그러나 나는 화내지 않는다.
사랑은
인내하고
용서하는
보편적인 희생이기 때문이다

기다림이 길어지면

내 사랑아
들끓는 격정(激情)을 담은 찻잔에 고인 슬픔아
등 꽃잎에 내려앉은 아침이슬처럼
마른입술을 적시는 차 한 모금
그게 내 사랑의 맛이려니
그대 보고픈 마음. 기다림에 지쳐 시퍼렇게 멍이 들었다.
기다림이 얼마나 가슴 아픈 일인지를 기다려 보지 못한 이들은 모른다.
만나지 못하는 안타까움을 길이 어긋나보지 않은 이들은 모른다.
날마다 더 깊어지는 내 사랑
나는 사랑이 죽음보다 강함을 믿는다.
그리운 사람아
내 가슴의 언덕 어디쯤인가
웃는 모습으로 서있어야 할 네 모습이 떠오르면
나는 후끈 달아오르는 이마를 짚고
말을 잃고 가슴을 닫는다.

가슴이 시려야 사랑의 불꽃이 타오른다.

상처 입은 사랑은

따뜻함 하나에 모든 눈길을 빼앗긴다.

면도날처럼 매서운 겨울바람이 휘두르는 채찍 아래

몸과 마음이 찢어졌어도

그 몸이 부싯돌이 되어 강렬한 불꽃을 일으킨다.

그대. 황홀한 눈빛으로 사랑을 바라보지 말라

거리마다 절망을 만나느라

그에겐 탄식밖에 남지 않았다

잊지 말라

핏물이 줄줄 흐르는 아픔을 간직하고

겨울 벌판에 드러눕는 눈송이를 밟는다는 것은

가슴이 따뜻한 자에겐 아름답고 낭만적이겠지만

마음이 헐벗은 자에겐 생살에 파고드는 혹한(酷寒)이라는 것을

칼바람에 마음이 베인 사랑은 몸을 녹일 불빛 하나 없이

알몸에 강추위와 눈보라를 맞으며 맨 발로 찾아온다.

그렇게 두 가슴이 맞닿으면

사랑의 불꽃이 타오른다.

모든 것에 사랑을 흠뻑 적셔라

인간을 사랑하라
바로 너이기에
동물과 식물을 사랑하라
그 또한 너이기에
자연을 사랑하라
그 모든 것이 바로 너이기에
하늘도 바다도 바람도 산도 바위도 숲도 꽃도
심지어 작은 애벌레 한 마리까지도
너의 배경이며 친구이며 동지이며 너 자신이다
그것들이 너의 인격이며 지식이며 삶이며
적이거나 동료들이거나 노예처럼 너를 따른다.
너를 사랑하라
네가 있어야만 그 모든 것들을 끌어안을 수 있고
하늘과 구름과 바람과도 싸울 수 있고
평범한 물질을 숭고한 영혼으로 변화시킬 수 있다
모든 물질을 사랑하라
욕망은 거기에 이빨을 콱 박은 채
물러설 기미조차 보이지 않는다.
욕망과 함께 피를 흘리라

그리고 함께 죽으라.
살아있는 자는 다시 태어날 수 없다
너의 모든 재능을 부정하라

위대한 덕성은 깊이 갈무리하는 것이 아니라
날마다 새롭게 벼리는 것이다
정복할 것인가,
정복당할 것인가를 묻지 말라
싸움이 치열할수록 얻게 되는 전과(戰果) 또한 크다
그렇게 해서 얻은 전과가 덧없는 것이긴 하지만
그것이 너의 삶이다
동지여. 이것이 인생이다

당신의 사랑을 주십시오.

눈물을 주십시오.
겨울나무들처럼 몸을 떨어야하는
한기만 남은 그리움이라도 좋습니다.
쓸쓸한 운명처럼 휘감기는
황혼이 지기 전에
노을처럼 휘감기는 슬픔을 주십시오.
낙엽위에 수북이 쌓인 눈처럼 가슴 아픈 사연
녹지 않는 얼음덩어리처럼 슬픈 응어리를 남기셔도 좋습니다.
그대를 잊어야 하는 가슴이라면 한 조각 도려내도 좋습니다.
목매이게 해 주십시오
눈물을 주십시오.
먼 훗날에도 당신을 향하여 침몰하는
지독한 사랑이게 해주십시오.

Loveless 증후군

1.
사랑은 꿈을 주기도 하지만 꿈을 뺏어가기도 한다.
자신만의 울타리를 벗어나지 못하는 사람은
사랑이 다가오면 도망쳐버린다
두려워서
책임지기 싫어
시간 뺏기는 게 싫어
아니야.
그런 이유가 아닐 거야
뭔가 말 못할 이유가 있겠지
내 마음대로 생각하지말자
잊지 못할 사랑 때문이라면
속상하고 답답하겠지
그립고 견디기 힘들겠지
그래. 그런 이유일 거야
내려놓으려 해도 내려놓을 수 없는
속 시원히 털어 놓을 수도 없는
그런 사랑일 거야

2.

그대는 나의 전부였지만
이젠 털어버리고 싶은 한 톨의 과거
서로에게 세상처럼 크기만 하던 존재가
아주 작은 존재로 전락하는 그것이
우리 사랑의 결말이 되고 말았다
정말 사랑했었다
또 다시 마음 아플까봐
다른 사랑에 마음을 열지 못한다.
마음을 추스르는 데는
생각보다 긴 시간이 필요하고
좋은 사랑이 나타나도
너 때문에 선뜻 다가갈 수가 없다
세상에 폭설이 내려쌓이듯 너를 생각한다.
너를 잊으려면 얼마나 긴 세월이 흘러야 할까
아무리 오랜 세월이 흘러도
소 닭 보듯 너를 외면할 수 없다는 걸 안다.

3.

슬픔은 빨리 잊어야하고
행복은 오래도록 간직해야하겠지
시간에 무뎌져가는 것이든
가슴에 상처로 남은 것이든
쓴웃음이 나오는 추억이든

흉터라고 부르지 말자
그런 것만으로도 죽을 것처럼 행복 했었느니
비록 눈물로 헤어졌을지라도
그 아픔은 상처라는 이름을 주지 말자
한때는 그런 것만으로도 꽃처럼 아름다웠었느니
피었다고 지지 않는 꽃이 있다면 그건 꽃이 아니다
마음이 부서지지 않는 것이면 그건 사랑이 아니다
내 사랑은 흠 잡을 데 없이 야무졌었느니
가슴이 여리고 사랑스러웠느니

4.
사랑이 멀어지기 시작하면
나는 너한테 미안해하고
너는 나한테 미안해하면서
고작 '미안'이라는 두 글자가
우리 사이에 침묵을 만들다니
더 미안해지고
더 멀어지고
참 안 좋다
미안하다는 것이

그런 게 사랑인 거야

1.
빗소리에 귀기울여봐
내가 너에게 다가가는 소리야
귀를 막아도 들을 수 있어
사랑은 그런 거야
그저 바라보는 것만으로도 가슴이 울렁거리고
네가 없어도 네가 내 곁에 있는 것만 같고
생각만 해도 얼굴이 달아오르는
그게 사랑인 거야
아름다운 경치를 보면
너와 함께 왔으면 좋았을 걸 싶고
하늘이 무너지면
가장 먼저 네가 달려와 줄 것 같은
그런 게 사랑인 거야

2.
사랑이 돌아앉으면
몇 날 며칠을 달아오르고
몇 날 며칠은 울어도 보고

그것도 지겨우면
잔뜩 찡그린 채 며칠쯤 더 버텨 보는 거야
그러다 보면 상처는 굳은 딱지가 앉고
애틋한 흔적으로 남게 될 거야
그렇다고 걱정은 하지 마
그런 상처 하나로는
큰 흉터가 되기에는 미미한 크기니까
오히려 그 흉터를 들이밀면
사랑이 아무리 강심장이라도 꼼짝 못할 걸

사랑한다면 바보가 되자

펄펄 끓는 피는 사랑을 외면할 수 없다
두근거리는 가슴을 숨기지 말자
사랑은 논리와 이성으로 계산할 수 있는 것이 아니다
스스로 받게 될 상처를 알고 있으면서도
그 사랑에 모든 것을 걸기에 사랑에는 조건이 없다
냉철한 계산법으로 사랑을 파헤치려고 한다면
곧바로 구둣발에 걷어차일 수밖에 없는 것이 사랑이다
잔머리 굴리며 계산하다가 사랑의 찌꺼기들만 잔뜩 떠안고
가슴을 두드리는 사람들이 많다
사랑은 잔꾀에 능한 머리가 아니라
숫자 하나도 모르는 가슴으로 하는 것이다
사랑한다면 가슴이 뜨거운 바보가 되자
모든 행복의 메시지는 가슴 뛰는 사랑을 통해서 온다.
당신이 가장 뜨겁게 사랑할 때 최고의 일을 할 수 있고
가장 창조적이며 가장 멋진 삶을 살 수 있다
가슴 뛰는 사랑을 하라
사랑은 고귀하다

내가 사랑하는 사람

눈을 들여다보면
봄바람이 불어올 것 같은 사람
토란잎 위에 떨어지는 빗방울처럼
속이 훤히 들여다보이는 사람
보면 볼수록 가슴이 두근거리는 사람
말 한마디 손짓 하나까지
나를 사로잡는 사람
누군가를 사랑한다는 것은
우리의 사랑을 실은 배가 풍랑이 거센 바다를 항해하고 있을 때
내 가슴이라는 안전한 항구에 그 사람을 들여놓는 일이었어.
그리하여 그 사람 없이는 한순간도 살 수 없는 것이었어.

3장 그리움

오, 감미로워라
내 사랑은 바다보다 깊어서
소라고둥처럼 가라앉고 물새처럼 날아오른다
거미줄처럼 불빛을 휘감아 도는 상념
터질 듯 심장이 아프다

그리움의 노래 中

만추의 노래

1.
우리의 짧은 여름
오. 강렬한 희열이여
이젠 안녕
이윽고 내 인생에 겨울이 오리니
낙엽 타는 소리가 들리지 않는가.
뜨거운 심장은 한 덩어리 얼음에 지나지 않게 되리라
나는 불구덩이에 던져지는 단말마의 비명소리를 듣는다.
분노와 증오와 전율과 공포의 단두대조차 이렇듯 두렵지 않다
무거운 쇠망치를 얻어맞고 허물어지는 성루처럼
어차피 인생은 허물어질 것이었느니
어제는 한여름이었으나 오늘은 초겨울
나를 질책하는 초겨울바람소리는
문밖에 나서기를 재촉하고 있느니

2
나는 사랑한다,
너의 맑은 눈과 그 순수함을
그러나 나는 그 모든 것이 흥미가 없다

사랑도. 침실도. 벽난로도. 그 어떤 것도
푸른 초원과 빛나는 태양. 칼칼한 야생(野生)이 그립다
사랑스러운 사람이여
내 심장에 두꺼운 얼음이 뒤덮였을지라도
너는 내게 어머니처럼 포근한 사람이 되어다오
비록 순식간에 녹아 없어질지라도
가을처럼 풍요로움이 되어다오
사랑하는 사람이여
나로 하여 너에게 잠기게 해다오
문 앞에 벗어 둔 낡은 신발조차 신어보지 못하고
저 대문을 나서기 전에
만추(晩秋). 그 쓸쓸함에서 벗어나게 해다오
아, 인생은 지나가는 바람이었어.
인생은 석양이 지고나면
잡초만 무성한 무덤인 것을

만남과 이별

이 세상에는
복사꽃 같은 만남도 있고 낙엽 같은 이별도 있다
무작정 오지 않는 사람을 기다려 보았느냐
봄볕이 데워놓은 세상에서 복사꽃 같은 만남을 꿈꾸고 있느냐
세상에는 사랑하는 사람들이 있어야
아름다운 사랑의 이야기가 흘러나온다.
사랑의 뒷모습은 거짓이 없다
사랑은 자기를 벗어날 때 진정 아름다워진다
마음이 따뜻한 사람은 빛이 난다.
그 빛이 인생을 꽃 피운다.
꽃향기가 집안을 가득 채워도 아무려면 사람 향기보다 좋을까
매일 같이 만나고 부딪히는 게 사람들이지만
편안함을 주는 사람은 몇 안 된다
몇 방울의 이슬로 민둥산이 푸르러지듯
어둠이 하늘에 별을 수놓듯
세상 어귀에 정(情) 하나 떼어놓고 떠났을 뿐인데
가슴이 무너질 것 같은 사람이 있다
봄볕에 피어오르는 물안개처럼 아련히 되살아나고
잊어지지 않는 사람이 있다

너의 창가에서

창문은 닫으면 벽이다
그 안에 세상을 들여놓지 않으려는 벽이다
창문은 사람과 사람사이를 가로막기도 하고 이어주기도 한다.
사랑하는 사람 사이를 가로 막은
열릴 듯 말듯 한 창문은
그리움의 덫이 되기도 하고 상처가 되기도 한다.
몇몇일 아무것도 먹지 못한 땡전 한 푼 없는 사람이
빵집 앞에서 군침을 삼키는 것처럼
사랑하는 사람이 그리워 미쳐버릴 것만 같은 사람은
굳게 닫힌 창문 앞에서 죽음을 떠올리기도 한다.
당신이 집요하게 달려드는 사랑의 흔적들을
매몰차게 창문 밖으로 집어던져버렸다 하더라도
그것들이 순순히 물러가겠는가.
가로막는다고 그것을 뛰어넘지 못하는 그리움은 없다
어떤 열쇠로도 열지 못할 만큼 창문을 굳게 닫고
그 안을 들여다보지 못하게 하겠다는 부질없는 고집보다는
가슴의 빗장을 풀고 창문을 활짝 열어놓아야 한다.
원망스럽고 속상하더라도
그대와 나 안과 밖에서 기쁨의 순간을 찾아보도록 노력하자

우리 사이를 가로막은 창문부터 열어놓자
그렇게 손을 맞잡자

그대가 보고 싶은 날

기대가 클수록 상처는 더 깊어지는 거야
작은 설렘에 마음 부풀리다보면
단단한 가슴이라도 순식간에 풍선처럼 터져버린다
고민하지 말라
사랑은 다 그런 거다
퉁소소리처럼 애간장을 녹이는 거다
아무도 오지 않는 뒷골목에서 사람을 기다리는 거다
냉정해지는 눈빛만큼 마음도 굳게 닫혀버릴지도 모르는 거다
차라리 몰랐으면 더 좋았을 것들이 많아지고
싫어하는 것에 대한 목록과 시간은 비례하고
갈비뼈 사이에 바람소리로 갇혀있는 응어리진 말을
조심스레 꺼내고 싶은 날도 있는 거다
눈이 내리면 눈이 내린다고
바람이 불면 바람이 분다고
마음을 툭 털어 그리움을 보태고 싶은 날도 있는 거다
기다림은 그런 거다

그대의 빈자리

벼랑 끝에 내던져진 사랑아
아무것도 감추지 못하는 눈물아
뻥 뚫려버린 가슴아
공연히 밤거리를 기웃거리지 말라
그래봐야 누구도 알아주지 않는 세상 아니냐.
우리 마주앉아 술이나 실컷 마시자
한 잔은 아무것도 감추지 못하는 눈물로
한잔은 뻥 뚫린 가슴으로
또 한잔은 벼랑 끝에 내던져진 아픔으로
창 넓은 카페에 슬픈 음악이 안개처럼 깔리는데
밤비마저 휘청거리고 있는데
우리가 둥지를 틀고 쉴 곳이 어디 있겠느냐
우리는 어쩔 수 없는 친구
얼굴도 알아보지 못할 만큼 세월이 흘렀어도
너도 나도 이 거리를 떠나지 못했구나.
너를 잊으려고 미친 듯이 살다보니
너도 나를 잊은 줄 알았는데
가슴조차 녹지 않는구나.
그립다는 말 한마디 들어줄 사람도 없는데

슬픈 웃음 속에 잔주름이 지고 있었구나.
쓴웃음만 짓지 말고 술잔을 들자
청춘도. 사랑도. 꿈도. 그 어떤 것도
끝내 그리움만 남지 않더냐.
밤비도 제 몸조차 가누지 못하고 울고 있는데
이 밤 누가 있어 눈물을 닦아주겠느냐
떠나지 못하는 너와 나
술잔을 들자

돌팔매

어둠속에서 힘껏 돌멩이를 날렸다.
떠나간 너를 향하여
눈에 쌍심지를 켜고
지붕을 지나 또 다른 지붕 너머로
분노를 날려 보내던 그날 밤
내가 날려 보낸 분노보다 더 큰 분노들이
아닌 밤중에 날벼락을 맞은 지붕 밑에서 솟아올랐다
"누구야"
"어떤 놈이야"
"이런 찢어 죽일 놈"
길길이 날뛰는 사람들이 아우성치던 그날 밤
나는 어둠속에 앉아 소리 없이 울고 있었다.
"너 없이는 못산다고 매달렸어야 했는데"
"무릎을 꿇고라도 그랬어야 했는데"

그리움의 노래

1.

오. 감미로워라

내 사랑은 바다보다 깊어서

소라고둥처럼 가라앉고 물새처럼 날아오른다.

거미줄처럼 불빛을 휘감아 도는 상념

터질 듯 심장이 아프다

깊은 밤 풀벌레들이 부르는

죽음보다 깊은 노랫소리를 들으면

날이 밝도록 불면의 가면을 벗을 수 없다

눈부신 너의 먼발치에 무릎을 꿇고

절망에 입 맞춘 내 입술로

입이 닳도록 사랑을 하소연해도 부질없는 일

내가 부르는 사랑노래는 길을 잃고 허둥대며

저 별 어딘가를 맴돌고 있느니

그리움의 날개 위에도 그리움이 그림자처럼 앉아있느니

새벽별처럼 떠난 사람아

너를 향한 그 길에 내 사랑을 내던진다.

잊힐 리 없는 사랑의 밀어들이

뼈아픈 그 길을 되돌아온다.

2.

밤이 어둡다고 너를 잊으랴
저물고 또 저물어도 자꾸만 새로워지리라
새벽이 오면 또 첫날처럼 새로워지리라
날마다 나는 너에게로 달려가고
너는 나에게로 달려오는데
어찌 새롭지 않으랴

겨울바람이 부는 사연

언제였던가.
봄바람보다 더 따뜻한 너를 만난 기억이
강물처럼 흘러간 우리의 사랑이야기는
듣기 좋은 꽃노래가 아니었다.
얄팍한 입술로
네가 내게 던진 것은
겨울바람처럼 파고드는 그리움뿐이었다.
기쁠 때 웃고 슬플 때 울자던 너는 눈물조차 보이지 않았다
부질없는 내 사랑을 부여잡은 겨울바람이
헐벗은 나뭇가지에 매달려 제 몸조차 가누지 못하고 있다
겨울밤 어둠을 가득 채우는 건
칼바람을 등에 업은
가슴 아픈 추억뿐이다

무뚝뚝한 사내가 부르는 사랑 노래

1.

바람도 마음이 아프면
무더운 여름에도 독사보다 찬 입김을 내품는다
이유 없이 이빨을 드러내는 것이 아니다
바람의 품속에도 아물지 않는 상처가 있는 것이다
그리하여 가슴속에 상처를 안고 살아가는 사람들은
바람 부는 소리만 들어도
이내 가슴에 큼직한 바람구멍이 생긴다.
우리 몸에는 수많은 상처가 있다
상처도 금방 나을 수 있다면 얼마나 좋을까
사람들은 상습적으로 달려드는 아픔에 무방비상태로 살아간다.
물기서린 촉촉한 것들과의 이별을 생각하면 마음만 더 아프다
어느 날 사랑을 가장한 추억의 그림자들이 나를 침범(侵犯)했고
서로 부둥켜안고 살아야하는 운명인 것처럼
점령군이 되어 하나 둘 내 안에 눌러앉아 버렸다
해방조차 기약할 수 없는 영원한 식민지로 전락하고 만 것이다
그것들이 저항조차 불가능한 몸짓으로 나를 뜯어먹는다.
그때부터 사랑이고 추억이고 할 것 없이
어떤 울림을 주는 것이면

나에게는 슬픈 시(詩)가 되고 그리운 사랑노래가 된다.
시(詩)란 인간과 자연의 모든 문학적 장르로서의
형식적 역할만으로는 터무니없이 부족하고
채워지지 않는 마음속의 어떤 울림이어야 하지만
심지어 생사를 초월한
비극적이면서도 아름다운
한 아름의 고통과 번뇌,
사랑과 그 추억,
만남과 이별,
욕망과 꿈이
요리조리 뒤섞인 시(詩)는
진흙탕 속에서 피어난 연꽃처럼
사랑과 갈등과 그리움에게서 젖을 얻어먹는 사생아처럼 태어난다.
언제 어디서 어떻게 터져버릴지 모를 시한폭탄처럼
그대도 시(詩)가 되고 나 또한 시(詩)가 된다.

2.
자전거 바큇살에 휘감긴 햇살처럼
그대는 추억 속에서 거리의 빛살로 눈부시게 부서진다.
보름달 같았다가 반달이 되었다가 초승달처럼
점차 날카로워지는 눈을 치켜뜬다.
그러나 옛사랑의 상처는 뾰족하게 날이 서있는데도 보드라울 것
같고
더 깊게 찔릴수록 행복할 것만 같다

한여름 뙤약볕 아래 수도 없이 터파기를 했을 것만 같은
검고 거칠기만 한 사내의 심장에도
달짝지근하고 아픈 사랑이 빼곡했다.
하지만 아무리 깊게 땅을 파도 사랑만큼 애틋한 것이 또 나올까
게다가 사내에게 들러붙은 심장이 쿵쾅거리는 그리움이
고분고분 물러날 리가 없다

이 또한 과격한 추억에 내몰린 사내에게는
어떻게 뚫어낼 수 없는 것이 마음의 고통과 그리움이었다.
한밤중 단잠을 깨우고 끊어진 휴대폰신호음처럼
투박한 질그릇 같은 사내의 애끓는 순정은
끝내 한 발짝 더 앞으로 나서지 못하고 주저앉아 버린다.
사랑하는 사람의 뒷모습이
무엇보다 절절할 수 있음을
뼈저리게 알아버린 사내
맑은 햇살도 비도 눈도 바람도
온통 사랑하는 사람을 만나러 갈 기회이고 핑계였다
어떤 스케줄이라도 쪼갤 수 있는 칼이었다.
잃어버린 사랑이 그토록 절절했으니
어찌 눈물 꽤나 삭이지 않았을까
그럴진대 그 사내. 어째서 달가울 리 없는 이별의 흔적을
둘도 없는 사랑처럼 끌어안기만 했을까
혹시 이별이 보여주는 삭막한 풍경들을 보고
눈물을 닦느라 허둥대며

과거. 현재. 미래형의 장점들을 모두 갖춘
이별 없는 최첨단 사랑을 짓는데 특별한 무엇이 필요했던 것일까
두 동강난 미로에 빠진 사랑은 기초부터가 잘못된 부실공사였다
수십 수만 채의 아방궁 같은 이별의 시(詩)를 짓기 위해
사내는 긴긴 날 남모르게 앓았다
그리하여 사내의 풀죽은 어깨에 걸린 추억이
오랫동안 방치된 채 버려진 건물잔해처럼
괴기스럽고 쓸쓸했으리라

너의 의미

너와 나 손을 꼭 잡아야할 사람인데
왜 돌아서서 장승이 되어야만 했을까
너 없는 세상에서
나 혼자 뼈저리게 그 사랑을 되새긴다.
세월의 발자국에도
스쳐가는 바람에도
너는 지워지지 않는 사람이다
한때 내 곁에 네가 있어서
나는 남들이 살 수 없는 아름다운 세상에서 살았다.
이제 나는 네가 없어서
남들이 살지 못하는 세상에서 쓸쓸하게 살고 있다
내 삶을 휩쓸고 간 폭풍 같은 너
네가 없는 세상에 진눈깨비가 내린다.
하얀 눈이 이별을 말할 줄은 몰랐다
왈칵 눈물이 난다
안고 가기에는 너무 벅차도
잠시도 내려놓을 수 없는 것이 그리움이다
우리가 건너온 애증의 구비마다 찍힌 허무한 발자국을
어찌 다 기억하겠느냐

아무리 아파도 버릴 수 없는 게 삶 아니냐
상처가 없으면 어찌 삶이 애틋하겠느냐
벌레 먹은 나무도 푸르다
지나고 보면 우리가 서로를 원망하던 시절도
부질없는 것이라는 것을 알게 되지 않겠느냐
우리 사이에 애증(愛憎)의 강물이 흘러가도
세월이 할 수 있는 것이란
검은 머리 희게 만드는 것 아니겠느냐
네가 내 곁에 있는 동안은 너를 보느라 정신이 없었다.
환한 미소를 보느라 등 뒤에 슬픔을 보지 못했다
네가 가고 그 향기만 남았을 때
너의 미소가 속 깊은 배려인 줄 알았다

수많은 날 네가 돌아선 자리를 살펴본 후에야
겉보다 속에 더 눈길이 가는 것을
너는 늘 내 곁에 있었지만
나는 그 사랑에 날개를 달아주지 못했다
생각만 해도 가슴이 터질 것처럼
네가 그립다

아버지와 아들

사는 동안
삶의 흔적들을 되돌아보면 벼랑 아닌 곳이 없다
사방이 눈밭이고 바람은 발자국 하나 남겨두지 않는다.
인생이 덧없다는 것을 생각하면
더는 세상을 밟아볼 엄두가 나지 않는다.
삶의 무게를 견디다
바람 앞에 굽어가는 나무들처럼
아버지가 그리하셨다
알면서도 피할 수 없었고
알기에 더욱 피할 수 없는 삶이
아들에게도 산더미처럼 실려 있다
사람은 누구나 자식으로 태어나 부모로 살아간다.
그 자식이 부모가 되면 비로소 부모의 마음을 알게 된다.
입이 닳도록 말해도 모르는 걸
잡초처럼 근심걱정이 자라나야 알게 되는 것이다
세상이 가슴을 짓누를 때면 무너지는 건
아버지가 아니라 그 아들이다
그럴 때면 아들은 아버지가 잠드신 무덤가에서
매서운 겨울바람 앞에 헐벗은 나뭇가지처럼 울었다

아버지는 생전처럼 자상하시다
"애야 울지 마라"
"이 애비가 있잖니"
언제나 숭고한 사랑은 자식의 짐수레를 자청한다.
흐뭇해야할 그 미소가
가슴 미어지는 경험을 했거나 경험하게 될
불쌍한 아버지 같은

가슴 아픈 추억의 노트

그대 떠나간 늦가을
나는 바람 한줌도 이기지 못했다
못다 한 사랑노래가 덜 여문 씨앗처럼 찬비에 젖고 있다
그 아픔이 서리 맞은 볏단처럼 빈들에 나뒹군다.
이별의 슬픔이란
찢어진 가슴에 그리움만 들이미는 냉혹함이었던가.
늦가을이면 낙엽이 되어 떨어질 걸 뻔히 알면서도
열매를 얻기 위해 뜨거운 햇볕을 받아내는 나뭇잎을 떠올린다.
그대 절망의 어둠속에서 희망의 등불이 되어다오
겉의 단단함으로 짓무른 속을 감추려니
저절로 신음소리가 흐른다.
세상에 빛이 사라지고 먹구름이 찬비를 뿌린다.
광야에 소리쳐 토해내는 바람의 울음소리
서리 내린 가슴속에 눌러앉아버린 끝없는 슬픔과 고뇌
그리움에 흐느끼는 새벽이 애달프다

어느 겨울의 연가

1.

그 겨울

나는 쓸쓸한 달빛과 창가에 마주 앉아

남몰래 쓴 슬픈 시를 태워버리고

살갗을 파고드는 겨울바람을 낡은 외투처럼 걸치고

호주머니에 몇 닢의 동전을 만지작거리며 거리를 걷곤 했었다

내 슬픈 꿈이 방황하던 거리에서

찻집에 앉아 커피를 마시는

어느 여인의 흰 살결을 바라보며

너와의 만남을 떠올렸다

이 세상의 모든 강이 얼어붙었을지라도

너에게로 흐르는 강물은 얼지 않는다.

2.

자정이 넘어 새벽이 가까웠어도

불면의 깊은 밤 적막을 더듬으며

한없이 너의 품속으로 파고들고 싶은 갈증

투명한 달빛에 젖는 밤의 고독이

내 머리맡에 공허한 기도문처럼 머문다.
작고 보잘 것 없어도 날개를 준비하는 것은
슬픔에 대항하는 방법이 아니다
너는 솟아오름으로써 가라앉는
변증법적인 사랑의 이중적인 모순을 모른다.
흐느적거리는 밤공기 사이에서
가로등 불빛이 나를 바라보면서 킬킬댄다.
선술집 문 앞에 서성이던 추억이
술 취한 얼굴로 비틀거린다.
슬픈 추억이 어느 바닷가에 이르렀을 때
나는 보았다
한 잎 두 잎 지워지는 뱃고동 소리 곁에서
밀려오는 파도와 살 섞으며
네가 그리움을 낳는 것을

3.
달디 단 너의 입술
흐느적거리는 내 영혼은
깊고 깊은 심연으로부터 너라는 부푼 꿈을 길어 올린다.
내 사랑이여
날아오르라
슬픔의 옷을 벗으라.
너의 창가에서 나를 맞으라.

4.

내가 밟고 선

그야말로 단단하다고 굳게 믿어왔던 사랑이

너무나 허무하게 깨져버릴 줄이야

내 사랑이 살얼음판이었다는 건 까맣게 몰랐었다.

그 얼음이 깨지면서 빠져든 물 밑에

나는 꼼짝없이 갇혀버렸다

뜻밖에도 거기에는

아직 덜 식은 미적지근한 사랑이 가득 차 있었다.

뜨겁지는 않았지만 거기에 누워서 너와 지내는 일은

내가 상상했던 것보다 훨씬 아늑했다

나는 그 밑바닥을 박차고 솟아오를

어떤 이유도 발견할 수 없었다.

그랬었다.

내 사랑의 심장이

영원히 녹지 않는 얼음처럼 얼어붙기 전에는

5.

네가 그리우면

나는 모닥불 옆에 앉아

수평선 너머 사라지는 긴 항해를 바라본다.

목마른 자 홀로 기도하는 밤 진눈깨비까지 내린다.

언제까지나 기다림은 끝나지 않는다.

어둠 속에서 밤안개가 걷히고

어느 마을에서 환한 불빛이 고개를 쳐든다.
너에게서 바람이 불어온다.
그래서 나는 살아야한다.
너에게서 바람이 불지 않는다.
그래도 나는 살아야한다.
그리움은 죽지 않는다.

이별을 쓴다.

잊기 힘든 추억은
평생 안 가지길 바랐는데
영리한 머리와 바보 같은 가슴이
서로 만나지 않기를 바랐는데
꿈꾸듯 날아오른 내 사랑의 나비는
끝내 내가 가꾼 아름다운 꽃밭에서 날지 못했다
사랑의 폐허더미 위에 혼자 남은 자에겐 이별이 끝이 아니었다.
더 큰 아픔의 시작이었다.
그대는 어디 있는가.
나는 그대에게로 달려갈 것이니
그대는 내게로 달려오라
인생이란
이래저래 아쉬움이 남는 것
우리 사랑이 저 하늘에 구름이라면
나는 그대를 찾아 수없이 그리움의 하늘을 건넜으니
사막처럼 타들어 가는 내 가슴에
그대는 한바탕 비라도 뿌려줘야 하지 않겠니.

나는 바란다.

우리 사이에는 어디에도 길이 없다
벼랑 끝에서 한 발자국도 더 내딛지 못한다.
보고 싶고 끌어안고 싶은 건 참을 수 있다
누구에게나 이별은 다 그런 거니까
그러나 길이 없다는 건 참을 수 없다
너와 헤어진 이유 같지도 않은 이유 위에
너와 헤어져서는 안 되는 이유가 늦가을낙엽처럼 쏟아진다.
별것 아니라고
그것도 한때라고
쉽게 생각할 만도 한데
가슴이 너무 아프다
그러나 성급해선 안 된다

지금 내가 해야 할 일은
내 사랑이 주고 간 아픔을 껴안고
그 아픔 속에 뒹굴어보는 일이다
그렇게 한동안 나를 그냥 내버려둘 일이다
가슴이 아프더라도 그래야만 한다.
그렇게라도 하지 않으면
벽을 짚더라도 몸을 일으킬 수 없을 테니까

사랑과 추억의 에세이

너를 사랑해서 미안하다
지키지도 못할 너를 사랑해서 정말 미안하다
너를 잊기까지 얼마나 많은 눈물을 술잔에 따라야 할까
반쪽으로 살아야하는 심장은 가혹하기만 하다
너 없는 세상이 싫어 나는 술고래가 되고 말았다.
내 가슴속에 바위처럼 박힌 너 하나 어쩌지 못하고
나는 너 없는 세상에서 허둥거린다.
꽃잎에 스쳐간 바람 같은 사람아
너와 함께 걷던 그 길을 나는 꿈속에서도 더듬어 간단다.
주마등같은 지난날이 달빛처럼 휘영청 하기만 한데
이별의 발자국마다 손길 매서운 슬픔이 파고든단다.

낙엽의 비애

세월 참 무상하다
낙엽들이 양지쪽에 누워 햇볕을 쬔다.
저것들 어디에 그토록 무성하기만 하던 꿈이 있었을까
봄 햇살이 분에 넘치는 너희들을 위하여
허황된 꿈일지라도
간절한 환생(還生)을 빌어야 하겠지
그러나 너희들은 모른다.
그 몰골을 보고
잡초도
바람도
피식 웃는다는 것을
어쩌겠느냐
세상의 영화는 한때
분수를 모르는 것들은
냅다 따귀를 갈겨서라도
오만한 겉껍질을 벗기고 마는 것이 세상인심이다
지나간 옛일을 누가 기억이나 하겠느냐

그렇게 하소서

외로운 날은
누군가 곁에 있게 하소서
슬픔이 차오를 때는
누구도 곁에 오지 못하게 하소서
고통은 조금만 주시고
너무 큰 바람이면
적게 바라게 하소서
지나침을 용서하시고,
더 이상 용서를 빌지 않게 하소서
이런 것들이 너무 큰 바람이더라도
그렇게 하소서

그 이름

순두부 같은 그리움 하나
가슴속에 안고 살아가려면 취하지 않으면 안 된다
누가 손가락질 하건 말건 개의치 않는다.
이래저래 취하지 않고는 살 수 없으니 그럴 만도하다
그가 하고 다니는 짓거리란 게
붙잡지도 못하는 세상의 난간에나 매달리다가
간담이 써늘한 사랑에 목매달다가
눈물 한 번 비추고 돌아서서 침 뱉는다
그러고는 쓸개 빠진 놈처럼 실실 웃는다.
하는 짓은 밉지만
정(情)도 많고 눈물도 많다
그가 다니던 대학도서관서고에 가지런한 책들처럼
남부럽지 않은 추억이 빼곡한데다
잊어버리는 건 영 안 된다.
별로 대수롭지 않게 생각했던 게
불난데 부채질하는 것처럼 떠오르는 것도 어쩔 도리가 없다
그리운 사람이 생각날 때면 죽기보다 더 아프다
그래도 한 때 시퍼렇게 날을 세우던 자존심은
아직 물 건너가지 않았다

눈물 한번 쓱 닦고는 멋쩍어 웃는다.
속은 있다고 가슴을 내주지 않으려는 것이다
한번만이라도 만나볼 수 있다면 죽어도 좋다
잊어버리지도 못할 사람이라면
이름이라도 실컷 부르자
그렇게라도 응어리진 가슴을 토해내자

시간이 흐른다는 것은

시간이 흐른다는 것은
오랜 가뭄으로 말라가는 강물처럼
그리운 사람을 떠올리는 횟수가 줄어들고
가슴 치던 안타까운 것들도
내 것이 아니었다는 것을 받아들이게 되는 것이지
세월 속에서 많은 것들이 소리 없이 떠난다.
뼛속 깊이 피멍이든 그리운 것들은
불원천리 찾아 가든
우연한 해후를 하든
시린 마음끼리 마주앉아
한번쯤 온기를 맞대지 않으면 두고두고 마음을 잘라낸다
나는 꿈꾼다.
첫사랑의 수줍은 모습도
가슴에 비수를 꽂고 간 옛사랑도
그런 것들에 넋 나간 어느 날
장독뚜껑 위에 앉아 위로의 말을 건네던 참새들도
풀 죽은 어깨를 툭 치고 지나간 바람도
이루지 못한 꿈에 대한 아쉬움도
까맣게 잊고 지내던 소원함까지도

훗날 마주했을 때
백년지기(百年知己)처럼
맞이할 수 있기를

독신자

독신자가 사는 방에는
그가 깔고 앉은 사랑의 기억이 퀴퀴한 곰팡이 냄새를 풍긴다.
밥그릇과 침대에는 사색이 궁상을 떤다.
사색은
달빛 아래서
머리맡에서
멍하니 별을 바라보거나
그가 만취해도 자꾸만 술을 권한다.
언젠가 그의 창가에 향기를 들이민 꽃이 있긴 했었지만
기억조차 가물거린다.
그게 언제였을까
그가 뜯어먹다 남긴 생 라면처럼
말라비틀어진 사랑 하나
'파삭' 부서져 내린 것이

날이 저문다는 것은

날이 저문다는 것은
제각기 칼날 같은 모서리를 접고
모든 상처를 부드럽게 하나로 아우른다는 것이다
그리하여 모난데 없이 한 결로 풀어졌을 때
누구도 마음 상하지 않게 되고
깊은 상처도 애틋한 사랑이 된다는 것이다
목숨보다 깊은 너를 보내고 돌아오는 밤
죽기보다 아픈 너를 만났다
너는 세상의 어느 길모퉁이를 돌아가면서도
내 창가에 넝쿨장미처럼 꽃을 피운다.
내 사랑은 그 어둠으로
어둠의 단애 밖으로 한 발짝도 내딛지 못하고 몸을 떤다.
세상에 어둠을 걷어주는 또 다른 어둠 같은 건 없었다.
사랑하는 사람을 잊어야 한다는 것은
날마다 충혈 된 뜬 눈으로
아침을 맞이해야하는 못할 짓이라는 걸
정말 몰랐다

슬픈 추억

우리 사랑이
넝쿨장미처럼 뒤덮였던 뜰에
손길 매서운 겨울바람이 내려앉는다.
추억이 무성한 잔디위에 진눈개비가 덮는다.
긴 머리카락을 휘날리던 그 바람 속에는
너의 따스함이 사라졌다
나의 전부였던 사람아
너의 몸짓 하나
눈빛 하나
나 혼자 가슴속에 담아 두기엔 너무 아프다
울지 않겠다고 하기엔 너무 슬프다
잊겠다고 하기엔 내 사랑이 너무 깊었다.
너도 나처럼 멍하니 하늘만 바라보고 있니
몸도 가누지 못할 만큼 비틀거리니
비가 오면 비를 흠뻑 맞으며
죽을 만큼 아파하니

억새꽃 연가

애끓는 그리움은 억센 사내라도 어떻게 뿌리칠 방법이 없다
삶은 끈질기고 교활하기까지 하여
길이 있어도 길을 허락하지 않는다.
마른억새풀밭에서 날아 오른 철새들의 작별인사는
그리움에 굶주린 사내에게
길나서기를 재촉하는 매서운 채찍이다
그 아픔이 칼날처럼 뼈에 스친다.
사랑에 눈이 멀어 귀 막은 사내
하염없이 산그늘이 가버린 강물을 바라보지만
현실의 냉혹함은 마음이 아파도 받아들일 수밖에 없고
떠난 사람은 잊어야하는 것이 삶이다
결국 이별의 슬픔은 뒤에 남은 자의 삶이 되고
아무리 마음을 다잡아도 자꾸만 떠난 사람의 빈자리를 바라보게
된다.
사랑의 열기로 데워진 자리는 강추위에도 얼지 않는다.
맹렬한 불꽃으로 타오르다가 꺼져버린 내 사랑이
스스로 불길한 운명 속에 몸을 던졌다
그리움 속에서 신음하는 추억이 너무 고와 슬프다
눈물이 사랑으로 태어나지 못하면 슬픔의 징검다리가 된다.
아, 창백한 영혼은 호소조차하지 못하는

영원한 상실(喪失)을 품었다
우리의 사랑이 침묵의 바다에 뛰어들어 죽음이 되어 잠긴다.

너는 뼈와 살과 실핏줄까지도 새파랗게 날이 서있고
우리 사이에 모든 것이 멈추어도
잊지 못할 사랑의 핏빛이 비친다.
그토록 애끓는 사랑이 낙엽이 되어버린 사내
꺼칠하고 눈이 퀭한 사내가
빈 소주병 들고 멍하니 서서
헐벗은 나뭇가지에 앉은 까마귀처럼 까 악 까악 운다.
내 사랑아
백발이 성성하도록 곧게만 살아온 억새풀처럼
늘 꼿꼿하기만 한 것보다는
못이기는 척 바람 앞에 휘어지는 게 더 좋지 않겠느냐
마음이 헐벗은 자에게 불어오는 늦가을바람이
발자국도 없이 아픈 가슴을 밟고 또 밟는다.
폭풍처럼 파란(波瀾)을 일으키는 그리움을 잠재우려면
어쩔 수 없이 그 앞에 무릎을 꿇어야 하는 것이
이별의 아픔이다
아무런 생각도 없는 흔들림이 아니라
얽히고설킨 상처마다 뼈를 깎는 후회로
고개를 끄덕여야 하는 것이다
별처럼 빛나는 너를
가슴속에 붙잡아두고

사랑은 그리울 때가 더 아름답다

그대. 아는가.
살아간다는 것이
목숨처럼 질긴 사람을
망각의 강물에 띄워 보내고
싸늘한 별빛이 파고드는 창가에 넋 놓고 앉아
홀로 밤을 지새우는 것이라는 것을

그대. 아는가.
살아간다는 것이
목숨보다 질긴 사랑을 보내고
짙은 안개 속을 걷는 참담한 심정이라고 해도
서러운 짐승의 울음소리를 내면서도
허기진 가슴에 가쁜 숨을 불어 넣어야 한다는 것을

그대는 아는가.
살아간다는 것이
꿈속을 헤매는 허망한 것이라면
그대에게 사랑을 달라고 말하지는 않았을 것이라는 것을
그대를 볼 수 없어 마음 아파하면서도

그대를 생각하며 눈시울 적시는 순간이 좋다
사랑은 그리울 때가 더 아름답다

낙엽에 쓰는 이별

1.
너와 나
뜨거운 가슴을 접고
인연의 가지를 떠나는 낙엽이 되고 말았다
너를 사랑한 것을 후회하지는 않는다.
오히려 너는 뜨겁고 감미로웠다
내가 할 수 있는 사랑이란
우리가 흘린 사랑의 낙엽더미 위에 뒹굴면서
언젠가는 잊어지기를 바라는 것뿐이다
그것은 겨울나무들처럼 길고 긴 겨울이 지나갈 때까지
진눈깨비와 칼바람 앞에 알몸을 내놓고
막막한 기다림 앞에 서있어야 하는 일이다
하지만 사랑하는 사람을 잊는다는 것이 생각처럼 쉬운가.
내 사랑의 어둠속에 내려앉는 낙엽처럼
바람이 부는 대로 뒹굴면서
짓밟히고 부서지는 일이다

2.

그대와 나
매화향기 그윽한 이른 봄부터
늦가을낙엽처럼 떨어지는 그 순간까지
한번 잡은 손을 놓지 않을 수는 없었을까
바람만 스쳐도 옷깃이 나부끼고
태풍이 불면 바다도 흔들리는데
세상을 불태우고
내 사랑이 스쳐갔는데
어찌 내가 흔들리지 않을 수 있을까
그대가 아니면 누가 나를 뒤흔들 수 있었을까
그대는 왜 내게 사랑으로 다가왔었을까
너와 나는 어쩌자고 지키지도 못할 약속에 손가락을 걸었을까
어쩌자고

꾸불꾸불한 길

내 고향
꾸불꾸불한 오솔길을 밟고
맑은 시냇물을 건너면
개미잔등 같은 밭을 갈고
씨감자를 심는 동네사람이 있었다.
반듯하고 넓은 길처럼 평탄하게 살아 온 삶보다
거친 손에 가족과 이웃을 품고
산새처럼 살아가는 사람들이 있는
마을 어귀에 들어서면
"애야 어서 와서 밥 먹어라 배고프겠다."
봉선화 핀 싸리 울타리 너머
아련한 어머님의 목소리가
마을 길을 굴렀다

잊자

잊자
술이나 한잔 하면서
잊어지지 않는 것을 잊어야 한다는 것은 목숨 줄보다 질긴 것이다
잊어야 하는 것을 잊지 않으려는 것은 죽음보다 어려운 일이다
잊으려 해도 잊지 않으려 해도 생목숨처럼 질긴 일이다
바람에 흩날리는 대나무 잎사귀처럼
사랑을 싹 틔운 것이 잘못이겠지
우리가 아파하는 젊음은
숲 속의 바람소리에 비하면
짧고 깊이가 얕은 것이다
지금 아픈 것들은
우리가 겪어야 할 인생에 비하면 아무것도 아니다
그것은 '견디는 것'과 '받아들임'이라는
고통의 터널을 통해서만 가능해지는
인생의 깊이이기도 하다
오랜 세월 돌아오지 않는 사람을 기다리는 그 마음이
얼마나 시커먼 숯검정이었겠는가.
이젠 잊자
술이나 한잔 하면서

속으로 피울음이 맺혀도
아무렇지도 않게 받아내야 하는
세상의 쓸쓸한 바람소리를
살아가면서 그 깊이를 깨달아야 할 인생이 있기에
사랑의 아픔도
만나고 헤어지는 가슴앓이도
그립고 애틋해도
봄이 가고 여름이 오듯
그렇게 오고가겠지

인생의 여로

1.
지금 내 앞에서 누군가 죽어간다고 해도
나는 너에게서 눈을 떼지 못할 것이다
내 눈엔 너 하나만 보이기 때문이다
그러나 어떤 계기로든
그를 사랑하게 된다면 이야기가 달라지겠지
그가 조금만 불편해보여도 내 가슴은 미어질 테니까
그의 마음에 따라. 그의 손길에 따라
행복해지기도하고 불행해지기도 할 테지
특별한 사람이란 없다
관계에 의해서 특별해질 뿐이다
나는 그런 인간관계의 셈법에 익숙하지 못한 탓에
혹독한 대가를 치르며 가슴을 잘라주고 있다
삶에서 부딪히게 되는 많은 일들이
고스란히 내 앞에 와서 부서지고
그 편린들이 내 가슴 속에 박혀 뽑히지 않는다.
나는 그 아픔을 곱씹는다.
그 시절 사랑과 일
술잔을 부딪치던 그 모든 것을

너를 사랑하지 않았으면 알 수 없는 가슴 아픈 것들
이젠 그런 것들에 휘둘려 아프지 말아야지
지나간 사랑은 깊은 한숨이라는 걸 인정해야지
그 사랑이 내 존재를 변화시켰음도
이루어질 수 없는 사랑이 슬픔의 다른 이름이라는 것도
이젠 내 곁에 남아있는 건 아무것도 없다
모든 것이 꿈이었다.

2.
내 사랑이 시들어 버린 지금
네가 나에게 채워준 아름다운 것들은 모두 도려내야 한다.
토막토막 내 몸을 잘라서라도
너를 사랑한 것이 얼마나 가슴적시는 일이었는지
우리가 보낸 날들이 얼마나 감미로웠는지 그런 것만 남겨두고
너는 어떻게 살아가고
누구를 사랑하고
무엇 때문에 슬퍼하고
어떤 일로 즐거울까
그런 것에 눈을 감아야 한다.
사랑이라는 건 인간의 수만큼 다양한 거었다
네가 엿본 건 그 중 하나일 뿐이었다.
살아가는 동안 낯익은 것이
갑자기 다른 것처럼 느껴진다든가,
자주 와 본적이 있는 익숙한 곳이

처음 와보는 곳처럼 느껴지는 경우는 허다하지만
절대로 돌아설 리 없다고 믿었던 내 사랑마저 잃어버리고 나니
이런 나를 믿고 어찌 살 것인가 회의마저 든다.
그래도 죽는 것보다는 사는 게 나을 거란 막연한 희망으로 산다.
아직도 괴로워할 시간은 충분하고
아파야할 일이 허다하고
사랑해야할 시간이 많으므로
살다 보면
사랑이란 무성한 숲이
내가 쉴 그늘을 마련해주겠지

3.
삶은
아무도 오지 않는 골목길에서
기다림 끝에 터져 나오는 한 맺힌 울음 같은 것을
옛사랑을 부르는 휘파람소리가 어깨너머로 스쳐 가면
어느 낯선 거리에서는
추억의 바다가 출렁이고 그리움의 격랑이 일 것이다
강물과 바람이 세월을 실어 나르듯
기다림은 인생을 실어 나르는 강물 같은 것이다
자리를 털고 일어서면 사라져버리고
긴 설명을 곁들여도 모호하고
간혹 꿈속에조차 다다를 수 없는
어딘가를 헤매기도 하고

기다림이 허무해 울기도 한다.
불면으로 고통 받을 때면
지난 날 네 곁에서의 단잠이 떠오르곤 한다.
산다는 것이 어떤 의미인지 알 것도 같다

4.
이별의 상처는
죽고 못 살 것처럼 아픔을 주지만 지나고 보니
이젠 눈물을 닦을 수 있을 것 같다
죽을 것처럼 가슴 아파했으니
이젠 돌아서야지
수없이 스쳐간 가슴 아픈 순간에도
그 사랑이 그립지 않은 적이 있었던가.
원망도 후회도 내려놓으리.
갈 길이 더 멀기에
휘적휘적 걸어가야지
세상길에서 누군가를 만나고 헤어지면서
좋고 나쁘고를 가리지 않으리.
후회할 일도 남기지 않으리.

그 사람이 떠난 자리에는

1.

이젠 너와 나 아무런 상관도 없는 남인데
우리 사이에 무엇이 남아있다고
너는 나를 옭아매기만 하고 있을까
모든 것이 변해버린 시간 속에서
겨울바람은 내게 가장 힘든 걸 가르친다.
옛사랑은 끈질기고 잔인하다
별것도 아닌 것에 가슴이 두근거리고
별것도 아닌 것에 큼직한 물음표를 던진다.
심장이 삶과 죽음을 널뛰기한다.
사정없이 일그러진 참담한 것뿐인 옛사랑이
뭐가 좋아서 기다려지고 뭐가 좋아서 그리운지 모르겠다.
사랑하는 사람을 잊어야한다는 것은
애당초 생각조차 해서는 안 되는 일이었다.
옛사랑이 그립다는 것은
그 사람이 떠난 자리에 나를 놓아두고
언제까지나 나를 채찍질해야하는 참혹한 일이었다.
그렇게 오랜 아픔 속으로 나를 던져 넣는 일이었다.

2.
잊어지지 않는다고 추억 하나 끌어안은들
무엇 하나 바뀔 것도 없다
허망함에 몸을 떨뿐이다
아침에 눈을 떠도 나 혼자
밤에 잘 때도 나 혼자
캔 맥주 하나 함께 마셔줄 사람도 없다
사람이 사람을 그리워하는 것이 얼마나 허무한 것인지
삶과 죽음의 경계에서야 알게 되었다.
쉽게 다른 사람에게 마음 열 일이 없을 것 같다
이게 너로 인한 다행인지
너로 인한 불행인지 나도 모르겠다.

3.
사람은 누구나 변하기 마련이다
사람뿐이 아니다
변하지 않는 것은 없다
누가 무슨 생각을 하든
하루치 인생을 무사히 보내는 것은 어렵지 않다
내 안에 네가 들어서지 않아도 좋다
내가 원하는 건 불같은 너 하나뿐이다
마음이 떠난 빈껍데기를 끌어안은들
그 속에서 어떤 따뜻함이 묻어나겠는가.
허망함에 몸을 떨 뿐이다

그래도 아련해 지는 것은 너무 슬프다
애써 지우려하지 않아도
시간이 지나면 무뎌지는 것을

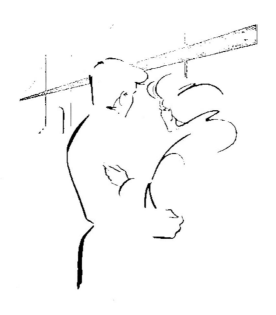

어쩔 수 없는 그리움

어려운 진실보다 쉬운 위선이
삶을 더 쉽게 해줄 수 있다는 걸 알면서도
너로 하여 울음을 삼키는 날이 많았다.
이 세상에는 가슴으로 이해할 수 있는 일 같은 건 없었다.
한 점 거짓도 묻어있지 않은
마음을 꺼내 보일 수 있다고 해도
꺼내는 순간 허구가 태어나고 만다.
할 수 있는 일이라고는
그저 말없이 살아가는 것뿐이다
뻔히 마음속까지 들여다보는 아픔을
애꿎은 가슴 하나로 받아내는 것은 못할 짓이다
견디는 것을 잘 할 수 있을 때까지
필사적으로 외면하는 것 말고는
아무 것도 하지 말아야 한다.
눈앞에 나뒹구는 햇살에도
너의 그림자가 길게 늘어서고
바람 한 점 뒹굴어도
몸서리쳐지는 것이 추억이기에
세상을 그리움만으로 살겠다는 것은 오만이다

잊을 수 없는 것을 잊으라는 위로의 말은
염장을 지를 뿐이다
이제 너를 잊겠다는 팔푼이 같은 생각은 하지 않겠다.
영혼을 움켜쥔 것은 잊을 수 있는 게 아니다
세월이 어루만지기 전까지는 아무것도 하지 말자
겉도는 생각이 아니라 오가는 계절 속에서
바람 한줄기만 불어도 낙엽처럼 뒹굴고
생각만 해도 얼어붙는 것이
그리움 아니냐.

잊어지던가.

그대. 잊으라 하였지
잊어지던가.
잊지도 못할 것을 잊으라.
가슴에 싸늘한 빗장을 걸어도
차마 사랑했던 사람을 두고 가지 못해
등 돌리지 않으려는 꼿꼿한 걸음마다
멈추고 멈추어
다시 그 자리에 돌아온 것도 모르고 걸으리라
나목(裸木)의 헐벗은 가지에 물오르고 새순이 돋아나듯
그리움 가득 담은 내 사랑의 기진한 발걸음이
자꾸만 손때 묻은 기억을 흔들리라

혼자 울기

아무리 참담해도 잡지 않겠다.
세상에서 가장 못난이는
사랑하는 사람의 마음하나 붙잡지 못하는 사람이라지.
울고 싶어도 웃는 연습부터 해보자
그에게 빼앗긴 내 사랑이 서러워서가 아니다
한순간에 엎질러진 내 사랑이 너무 아파서이다
내 사랑의 범선은 암초에 걸려 좌초했다
이유 같은 건 묻지 말자
잘잘못을 따져서 달랠 수 있는 슬픔이 아니다
떠나는 뒷모습은 슬픔을 넘어 가슴을 뚫는 송곳이지만
손 흔들어 주는 것은 잘한 일이다
나는 떠나는 사람의 뒷모습이 남기고 간 그리움을 믿는다.
고뇌와 고통. 존재의 괴로움이여
더 이상 나에게 다가서지 말라
눈물이 핑 돈다
내 머리를 가득 채우는 압박감
이별의 슬픔은 어디서부터가 시작이고 어디까지가 끝인가
시간이 흘러가도 달라진 것 하나 없는 이 아픔
내 사랑이 아니라면

눈을 감았을 것을
지키지 못할 약속이라는 걸 알았더라면
귀 막고 듣지도 않았을 것을

그대 매달리지 말라

수평선 너머
그리움 하나
맹수처럼 으르렁거린다.
그대 사납게 굴지 말라
어차피 잊어야할 사랑이라면
말없이 가슴속에 묻기로 하자
하나를 둘로 나눈 아픈 가슴끼리
서로 그리워하며 살자
생각만 해도 미소가 떠오르는 추억이 있고
우리가 사랑을 말하지 않아도
수다스러운 갈매기도 있지 않느냐
외로움에 허덕이는 아픔까지도
한동안 가슴을 데워주지 않겠느냐
사랑은 잔인한 것이다
이별은 더 잔인한 것이다
우리 이제 더는 못 잡아먹어 으르렁거리지 말자
우리에게 남은 것은 주체 못할 슬픔과
날마다 매달리는 목마른 그리움뿐이 아니냐.
안 그래도 무거운 가슴 아니냐.

너는 어디 있느냐

1.

늦가을바람의 품속에는 슬픈 이별이 들어있었다
겨울벌판에 마른 수숫대처럼 가슴 아픈 추억이 들어있었다
단 하나의 사랑을 너와 내가 함께 가지고 있었지만
우리의 가슴속에는 제각기 다른 사랑이 들어앉아있었다
이별은 너로부터 멀어지는 것만이 아니었다.
우리의 꿈같은 사랑을 지워야하는 가슴 아픈 일이었다.
너와 나는 하나의 사랑에 가슴을 불태우고 있었지만
서로 다른 가슴이 무너져 내렸다
우리의 이별은 잘 가라는 인사도 없이 치러졌다
그 종말로부터 칼날 같은 그리움이 파고든다.
사랑하는 이여
빛처럼 사라져라
아프지 않게

2.

우리 사이에는 천개의 눈이 빛나지만
뜨거운 심장은 오직 하나뿐이었다
내 마음속엔 천개의 눈이 빛나지만

가슴속엔 오직 너 하나뿐이다
그 사랑이 끝난 세상에는 모든 생명의 빛이 꺼져 버렸다
아무리 찾으려도 없는 얼굴이여
너는 어느 거리에 꽃으로 서 있느냐
오만가지 회환(回還)이 소용돌이치는 사람이여
무작정 기다림을 간직한 허망한 내 입술에
상상속의 키스만으로도 너는 더없이 감미로워라

내 사랑 그대 곁에

사랑에 지친 사람들은 말한다.
'이젠 사랑이 싫다'고
사랑을 잃어버린 사람들은 말한다.
'불나방처럼 사랑했던 게 후회된다.'고
하지만 사랑은 나쁜 기억만으로 지워가는 것이 아니었다.
행복했던 순간들이 아름다운 추억으로 남는 것이었다.
사랑은 헤어짐으로 끝나는 그런 것이 아니라
끝없는 그리움이 이어지는 것이었다.
언제 부터인가 떡하니 내 안에 들어앉아버린 사람
세상에 나 혼자뿐이라는 외로움이 밀려들 때
아늑한 쉼터 같았던 사람
내 눈에 빗방울 같은 눈물이 흐를 때
그대가 있어 눈물을 닦고 웃을 수 있었다
지금은 너 하나 없는데 모든 바다가 울부짖는다.
거센 폭풍우와 파도가 하이에나처럼 가슴을 물어뜯는다.
암울한 세상에는 태양이 침몰하고 해변의 갈대밭이 통곡한다.
낮과 밤이 제 모습을 잃고 시간도 제 멋대로 헝클어져 버렸다
태풍과 해일이 천지창조의 혼돈을 만들고 있을 때
난파선의 외가닥 닻줄마저 끊어져 버렸다

그렇게 내 사랑은 세상의 종말 속으로 사라져갔다
폭풍우와 해일이 다녀간 흔적이 그리움뿐이던가.
바다위에 갈매기만 한가롭다
누구도 난파선의 운명을 묻지 말라
안 봐도 변하지 않느냐

이별이 남기고 간 흔적

1.
이별은
나의 부푼 꿈을 침식하고
지키지도 못할 맹세로 후회를 남겼다
내 사랑은 강하고 흔들림이 없는 그런 것이 아니었다
부드러운 바람에도 쓰러지는 연약한 사랑 앞에
가슴이 답답하고 머리가 터질 것 같아도
내가 그 사랑을 구원하지 않은 이유는
나는 그 사랑이 원하는 것을 가지고 있지 않기 때문이다
원하는 것을 칼로 얻으려면 안 된다
그 상처가 아무리 깊어도
눈물을 주체할 수 없어도
한동안 그 슬픔의 뿌리가 심장에 파고들게 내버려둬야 한다
찬바람이 쌩쌩 부는 날
멀찌감치 떨어져서 그 사랑을 바라보려면
가뜩이나 시린 심장이 얼어 터지겠지만
언젠가 조금만 더 마음이 따뜻해진다면
차디찬 이별의 뿌리로도 꽃을 피울 날 있으리라

2.

야속한 사람아
원망도 많았다
그러나 길을 잃고 헤매는 사람을 도와준다면
그도 다른 사람들을 더 따뜻하게 대하게 되는 것처럼
찬바람을 일으키며 돌아선 마음이
당장은 따뜻해지지 않겠지만
내 입에서 살벌한 냉기가 새어나가지 않도록
늘 나 자신을 타이르다 보면
우리가 원망과 사랑을 이야기하느라고 나눈 입김 때문에라도
사랑의 온도는 조금씩 오르게 되지 않을까
나는 그렇게 믿는다.

그리움은 강물처럼

1.

인생이란
한순간이 하루가 되고
하루가 어느새 한평생이 된다.
단 한순간을 살아도 뜻 깊게 살아야 할 일이다
한평생을 첫날처럼 살지 못하고
뒤늦게 후회한들 그게 무슨 소용인가
강물을 밀어내는 것은 나룻배가 아니라 강물이다
태어나면서부터 흐르는 것밖에 모르는 빗방울처럼
내 사랑이 신비롭게 느껴져야 하지만
눈에 꽉 차는 사람조차도
흔쾌히 받아내지 못하는
이 어리석음을 어쩌랴

2.

나 하나쯤 어긋난다고
세상이라는 톱니바퀴가 멈춰서는 것은 아닐 테지만
하늘을 뒤덮는 구름과 바람의 이치를 가늠할 수 없으니
세상사 마음 같지 않더라도 조바심내지 말 일이다

살다보면 왜 속상하고 슬픈 일이 없겠는가.
옛사랑이 그리워 눈물로 밤을 지새우더라도
눈앞에서 멀어져가는 유성이 아니라
그 자리에서 별이 된다면
그 빛이 드러나지 않아도
누가 무어라 하랴

그리움에 대하여

그리움이란 잊으려한다고 잊어진다거나
벗어나려한다고 벗어날 수 있다거나
외면한다고 고개가 돌려지는 것이 아니었다.
내 이별의 끝은 어디일까
이별 앞에 내가 무슨 말을 했는지 기억조차 나지 않는다.
그저 눈물만 흘렸다
나의 전부였던 사람아
너를 사랑한 아픔이 내 가슴을 저민다.
눈물조차 메마른 동공은
겨울 나뭇가지에 걸린 달빛처럼 차갑다
긴긴 밤 귀를 쫑긋거리며 마음 아파했으니
강가에 갈대처럼 흔들리다 보면 어떻게 되겠지
뜻이 있는 곳에 길이 있다지 않던가.
그대 한사람만 바라보며 살다 보면 좋은 날이 있지 않겠느냐
세상에는 외로운 자의 마음을 빼앗는
희소식이 아닌 게 없으니

우리 곁에 겨울이 오면

너를 생각하면 내 가슴속에는 낙엽이 부서진다.
그 쓸쓸함 속에서 네가 묻어난다.
쉽게 부서지는 것을 사랑이라고 부를 수도 없어
아득한 시간을 밟고 멀어져가는 너를 보면
나는 막막하기만 하다
하지만 어쩌랴
하염없이 바라만 볼 뿐이다
사랑이란 꼭 함께 있어야하는 것은 아니라는 걸 안다
운명처럼 가슴속에 안고 그리워하는 사람이 있다
잊었는가.
우리가 손잡고 걸어간
그 숲속에 내려앉는 저녁노을을
사람들이 사는 세상 속에서 빛나는 불빛들을
우리가 손가락 걸던 그 약속은 추운겨울로 가고
우리의 발자국 위에 흰 눈이 덮이리라
세상에는 우리의 사랑 이야기가 끝나고
그 슬픔이 수레바퀴처럼 굴러다니리라
우리의 역사가 되지 못한 사랑이야기 위에
슬픔에 겨운 별들이 떨어져 내리고
그 상처가 심장에 박히리라

너를 잊기까지는

나를 사로잡는 것은 열정적인 사랑뿐이었다
사랑보다 아름다운 것은 없었으며 더 깊은 것도 없었다.
나는 너와 사랑과 이별을 이야기하는 동안 인생이 깊어졌다
잃어버린 것이 뼈아픈 것은 날이 갈수록 빛나기 때문이다
이 세상에 다시 돌이킬 수 없는 일이 지나간 일이다
너를 생각하면 먼 곳까지 귀가 열린다.
너는 어쩌자고 내 가슴에 매달렸을까
힘들 줄은 알았지만 잊지 못할 줄은 몰랐다
파도처럼 넘실대는 그리움이 밀려들고
눈물만 솟아난다.
어떤 칼로도 그리움을 벨 수는 없었다.
그리움 앞에서는 차가운 이성도 무기력하기만 하다
'종말이 가까워졌다'고 겁을 주어서 될 일도 아니었다.
그리움에는 종말이고 회개고 없었다.
언제쯤일까
너를 잊기까지는

어떤 그리움

얼마나 그리웠으면
강물과 강물 사이에 상념으로 다리를 얹고 있었을까
충혈 된 눈빛 하나가 겨우 건널 수 있도록
밤을 꼬박 지새우고도 그립다는 건
마음이 강물 같다는 것
난 알아
한 무리의 사람들과 웅성대고 있어도
시끄러운 시장 통에 나가 있어도
가슴이 답답하고
네가 그립다는 거
그건 누구라도 어쩔 수 없다는 거

우산

세월은 왜 뜨겁고 독한 것만 가지고 와서
사람들의 가슴속에 불을 질러놓고 가는 것일까
사람들은 왜 허망한 시간만 갈아대다가
세상 속으로 쓸쓸하게 걸어가는 것일까
비 오는 날. 비를 맞는 것은 몸이 아니라 상처 입은 마음이다
살아간다는 것은 비가 오면 우산을 펴고 날이 개면 접는 일이다
비를 맞고 있어도 아무도 우산을 씌워주지 않는다는 것은
말로는 다할 수 없는 슬픔이다
사랑하는 사람들은
한쪽 어깨가 젖을지라도
작은 우산 한 개를 둘이서 같이 쓴다.
비 오는 날 버스정류장에서
하염없이 오지 않는 사람을 기다려본 적이 있는가.
인생의 쓴맛을 아는 사람은 기다릴 줄 안다.
한 사람이 또 한 사람에게 우산이 되어줄 때
메마른 세상에 단비가 내린다.
비에 젖는 우중충한 세상을 아름답게 만드는 것은
비 맞는 사람에게 우산을 건네주는 손이다
내 손에 들려진 우산을 누군가에게 건네주는 바로 그것이

바람 잘날 없는 세상 속에서
비바람을 막아주는 큰 희망이 된다.
인생이란 우산 속에서 서로 어깨를 부딪치던 사람들이
우산을 접고 떠나는 것이다
먹구름처럼 어두운 얼굴로 울지 말라
부질없는 것이 인생이다
누구든 죽고 나면
그의 우산은 더 이상 펼쳐지지 않는다.

겨울바람아

겨울바람은
내 집에 찾아와서도
내가 길을 나서도
기세등등하기만 하다
그 녀석은 만날 때마다 강펀치를 날린다.
총알처럼 눈보라를 쏘아대는 그 녀석 때문에
가슴 시린 사랑을 떠올리며 몸서리 친 게 한두 번이 아니다
미련은 툭툭 털어 버려도 진드기처럼 따라붙는 법
낙엽처럼 훌훌 털고 떠남이
더없이 홀가분할 것을
겨울바람아
너의 손길이 옛사랑처럼 차갑기만 하구나
외로운 길손조차 찾아들지 않는 내 가슴에
상처 말고 무엇이 더 남았다고
헐벗은 추억까지 끄집어내려는 것이냐

인생도 바람처럼 간다.

1.
작별의 눈물을 보이지 않으려는 것이었을까
늦가을빗속에 낙엽들이 떠난다.
창밖에 몇 잎 남지 않은 단풍에 시선을 빼앗겼더니
늦가을바람이 한기를 들이민다.
늦가을이 건네주는 이별의 몸짓이다
인생도 늦가을바람처럼 간다.
허무해할 것 없다
그것이 인생이다
사랑하는 이여
노을빛처럼 떠나라
무엇을 얻고 무엇을 잃었는가를
굳이 되새김질할 필요도 없지 않은가

2.
슬그머니 혼자 가버린 석양처럼
오늘도 너로 하여 겨울바람이 불고 내 가슴이 얼고 있다
너와 내가 거닐며 바라보던 그 하늘 아래
아무리 찾으려 해도 없는 얼굴이여

오만가지 회한이 소용돌이치는 사랑이여
아 삶의 무덤이여
가버린 날이여
허망한 기다림이여
사랑이란 열차는
기다림이라는 간이역을 지나치게 되면
영원한 종착역에 도착하게 되느니
다시 돌아갈 수 없는 그 길을 뒤돌아보면서
바람 많은 날 마른갈대처럼 울어야 하느니

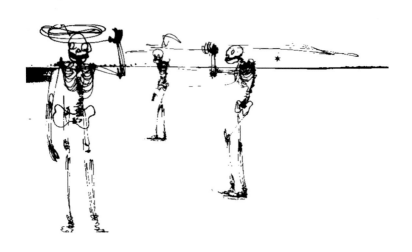

어머님의 말씀

홀린 듯
고향땅을 박차던 날
낯설고 물설어도 야무지게 살아야 한단다.
내 것은 험해도 더 반듯한 것을 남에게 쥐어줘야 한단다.
희망을 젖처럼 먹여주시며
어머니가 늘 하시던 말씀이다
영마루에 앉아
사랑이 목마를 때도
무거운 가슴 하나 내려놓고 울고 싶을 때도
부족한 것을 조금만 더 채우면 괜찮아진단다.
고향땅을 떠날 때
물 건너간 자식의 도리
서리 맞은 푸성귀처럼 고개조차 들지 못해도
괜찮단다.
당신은 괜찮단다.

비 내리는 창가에서

비가 내리는 날은
내 가슴속에도 비가 내린다.
그리움이 비가 되어
멀쩡하던 가슴이 외로움에 젖고
잊었다 싶은 이가 뇌리에서 서성이고
느닷없이 떠나간 이가 창가에 서 있다
비 내리는 날 창가에는
첫사랑 같은 이름들이
하늘로 나 있는 길에서 달려오고
빗물이 그 모습을 그린다.
빗줄기 속에는 바람의 입술을 빌려
나를 부르는 이가 있고
나는 바람의 귀를 빌려 그 소리를 들을 수 있다
'사랑하지 말자'
'그리워하지 말자'
'슬퍼하지도 말자'는
굳은 살 박힌 다짐은 바람처럼 사라지고
창밖에 쏟아지는 빗줄기보다
내 가슴속에 더 굵은 빗줄기가 쏟아진다.

세월이 흘러도 잊지 못할 이름들이
속절없이 비에 젖는다.

욕망의 행선지

세상의 모든 길이 그렇겠지만
철로 위에 줄지어 기차가 늘어서고
칸칸마다 욕망의 눈빛을 번쩍이는 군상들이
제각기 빛나는 목적지(destination)를 향하여 길을 떠난다.
그가 누구이건 어느 역에서 내리건
각자 머릿속에는 황금빛 태양과 푸른 초원을 떠올리겠지
그들은 모른다.
자신들이 가는 행선지는
척박하기 그지없는 허망한 간이역이라는 사실을
삶이란 한평생 욕망과 평행선을 달려가는 미지의 여행이 아닌가?
인생이란 단지 커피 한 잔의 문제이거나
커피 맛 같은 친밀감에 지나지 않는다.
더 멀어지기 전에 돌아오라
기차가 더 먼 곳을 향해 달려갈수록
당신의 욕망이 파멸의 꽃을 피우게 되고
열매를 거두어야할 늦가을이 되면
그칠 길 없는 눈물을 거두게 된다.
'보란 듯 성공하기 전에는 다시 돌아오지 않겠다.'고
이를 악물고 떠났겠지만

뼈저리게 알게 되리라

강물이 산굽이를 돌고 돌아 벌판을 가로질러 바다로 가듯이

당신이 온갖 풍파를 겪으면서 추구한 삶이

결국 내 집으로 돌아오기 위한 길고 긴 여정이었음을

내 집이야말로 내가 바라는 모든 것을 두루 갖춘

세상에 단 하나뿐인 공간이라는 사실을

한평생 삶의 수레바퀴를 헛돌린 당신일지라도

으스러지도록 껴안아주는 내 집이

향수(鄕愁)를 풍기지 않는가?

돌아오라

펑펑 울고 싶을 때

뼈아픈 후회

슬프다
내 사랑을 쏟아 부었던 자리마다
마른낙엽처럼 굴러다니는 폐허뿐이라는 사실이
이별이 내 가슴을 망가뜨려놓고 아픔조차 주지 않았다면
그를 사랑했었다는 말조차 부끄럽지 않았겠는가.
나에게 다가왔던 그 사랑이
몇 군데는 나를 부서뜨리고
몇 군데는 자신이 부서진 채 떠났다
막막한 그 사랑 속에서
선인장 가시 같은 것들이 나를 향해 날아든다.
어떤 증오로도
어떤 애틋함으로도
그 아픔까지 막아주지는 못했다
이제 와서 후회해도 소용없는 일이지만
후회가 되는 것 또한 어쩔 수 없는 일이다
그 사랑은 내 가슴을 태우고 간 엄청난 불덩어리였다
그런 사랑마저 없었다면
내 삶은 얼마나 메마른 것이었겠는가.
나의 뼈아픈 후회는 그 사랑을 잃어버렸다는 거다

어느 누구도 걸어 들어온 적이 없는 내 사랑의 폐허에는
모래바람처럼 껄끄러운 말 몇 마디를 얹어주는
쓸모없는 충고들이 몇 있을 뿐
그 사랑은 나에게 기다림조차 허락하지 않았다.

잠이 오지 않는 밤

1.

잠이 오지 않는 밤

밝음이 사라져도

헝클어진 잠이 생각의 늪에 갇혀버렸다

밤을 건너온 내 사랑의 이야기가

먹이를 노리는 송골매처럼

어느 하늘 아래서 맴돌고 있다

메마른 입술을 떠나는 담배연기처럼

욕망이 죽고 기다림이 죽는다.

너 아니면 안 된다고 말했어야 했는데

앞을 가린 눈물이 나보다 먼저 이별을 말해버렸다

내 사랑은 한 많은 세월의 강을 건너갔다

그 속에서 배터리조차 없는 전화기가 울어댄다.

밤바람에 이끌려가는 그리움이 울음을 부른다.

암흑의 강을 건너온 너의 흔적들이

눈물 젖은 애정의 사슬을 들여다본다.

2.

추억은 두 가지가 있다
자꾸 돌아보고 싶은 것과
다시는 기억하고 싶지 않은 것
사랑을 눈으로 보는 것이 아니라 마음으로 잇는다면
그 사랑은 언제까지나 아름다울 수 있을 것이다
눈 감고 외면한 그리움이 너를 향해 고개를 쳐든다.
가장 가까웠던 사람이
가장 먼 사람으로 돌아서고 말았다
이 세상 어디라도 떠나간 사랑보다 더 먼 곳은 없었다.

이별이 머무는 자리

1.
어차피 내 사람이 될 수 없었다면
만나지 않았으면 더 좋았을 걸
당신이 내게 던져 놓은 그 미소와
나를 토닥여 주던 손길
내 것이 될 수 없다면
내 것이 아니었으면 더 좋았을 걸
당신을 향한 내 열망조차 짐이 될 때
당신의 뒷모습을 바라보는 것조차 고통스러울 때
'다시는 뒤돌아보지 않겠다.'고
'절대로 울지 않겠다.'고
여기저기 떨어진 내 마음을 주섬주섬 주워 담아
이를 악물고 돌아 섰지만
다시는 흔들리지 않아야할 내 마음이
자꾸만 나를 아프게 한다.

2.
잘 있어라.
짧았던 밤들아

창밖에서 울던 별빛들아
아무것도 모르고 길을 밝혀주던 가로등 불빛들아
슬픔을 기다리던 공포의 시간들아
내 것이 될 수 없는 열망들아
이별의 말을 대신하던 눈물아
아. 이제 나는 장님처럼 더듬거리며
밤길보다 더 어두운 길을 가야 한단다.
온기 한 점 남지 않은 빈집에서
굳게 빗장을 걸고 혼자 울어야 한단다.

늦가을연가

늦가을바람이
칼끝 같은 그리움을 들이민다.
나는 너로 하여 죽을병을 앓는다.
어떻게든 너에게서 벗어나야
조금이라도 덜 아프다는 건 안다
하지만 그건 내 목숨과 맞바꾸어야 하는 못할 짓이다
이제 그런 우매한 짓은 하지 않는다.
아프면 아픈 대로
슬프면 슬픈 대로
죽지 않을 만큼 살아가는 수밖에
삼삼한 네 모습이 눈앞에 파고들 때면
나는 심장에 피가 마른다.
누구나 가슴속에 아름다운 추억을 안고 살아가겠지만
눈물 많은 가슴속에 너를 담아 놓고도
꿈속에서 해후가 아니면
우연히 한번 만나볼 수도 없다
우리는 왜 서로 사랑할 때 붙잡지 못하고
후회와 그리움을 남긴 것일까
묻지 마라

아물지 않는 상처에 고인 옛사랑이

얼마나 혹독한지를

우리가 사는 동안

1.
참으로 두려운 것이 사람의 욕심이다
지금 이 순간에도 욕심이 우리를 옭아매고 있다
거미줄에 날아든 나비 한 마리 삶이 얽혀 버둥거린다.
한발만 물러섰으면 꽃밭에서 날 수 있었을 텐데
세월을 휘돌아 내리던 아름다운 꿈이 죽어간다.
얼마나 보란 듯 잘 살겠다고
욕심을 잔뜩 짊어진 채
한평생 욕망의 거미줄에서 벗어나지 못하는가.
훌훌 벗어 버리면
꽃밭에 나비처럼 날아오를 것을

2.
서로 그리워만 하다가
찾아 헤매다가. 헤매다가.
한 가닥 거미줄처럼 얽히지도 못한다면
그 또한 얼마나 아득하고 참담하랴
당신이 비워준 가슴속에 애타는 기다림을 심고
깊게 뿌리내린 사랑의 그늘 아래

숨 거두고 싶을 줄은 정말 몰랐다
그 기다림 끝에는
지금껏 전해주지 못한 더 크고 깊은 사랑이
쑥쑥 자라나고 있었다는 걸 정말 몰랐다
그래서 이별은 생살을 저미는 아픔인 거다

옛사랑이 아름답게 느껴지는 순간

우리 삶에서 가장 불행했었다고 생각하는 순간이
어쩌면 가장 행복한 순간이었는지도 모른다.
가슴 아픈 옛사랑이 아름답게 느껴지는 순간은
쓰라린 기억이 다 지워질 만큼의 시간이 흘러야하는 것이었다.
정말 좋아했던 사람은
오랜 시간이 흐른 후에야 그 모습을 드러내는 것이었다.
우리가 미움과 원망을 끌어안고
서로를 원망하며 살아가는 동안
우리를 안타깝게 지켜보던 가을햇살
오늘은 너를 만나러 가려는 것일까
일찌감치 사과밭에 와서 잘 익은 사과를 만지작거린다.

슬픈 자화상

빗방울조차 서로에게 독설이 되는 궂은 날
거리도 집도 젖어 있다
삼삼오오.
칼끝처럼 날카로운
도끼처럼 무지막지한
뼈있는 말에 젖어 있다
거리의 풍경은 새로운 얼굴로 바뀌었지만
사람들은 아무도 자신을 알아보지 못하도록
서로를 바꾸고 있을 뿐이었다.
모두가 같은 얼굴을 하고 있음을 다행으로 생각한다.
사방에 마침표를 찍어대는 빗방울들이 마침표로 입을 막았지만
말의 홍수를 막기에는 역부족이다
기어이 둑이 터졌다
터진 둑에서 넘쳐나는 말들이 도시를 휩쓸고 다닌다.
내가 당신의 얼굴을 가졌는지
당신이 내 얼굴을 가졌는지
자꾸만 말을 바꾸는 얼굴들이
물 만난 고기처럼
어긋나게 맞춰진 말을 늘이고
세상의 길목마다 킬킬거린다.

구절초 연가

산과 들에 구절초 향기 익어 가는데
무엇하나 맺은 것 없고
어느 가슴도 붉게 물들여보지 못한
내 삶은 고개조차 들지 못한다.
속절없는 흘러간 세월
민망하고 쓸쓸하여 먼 산만 바라본다.
사랑에 베인 가슴조차 잘라내지 못하게 하는 사람
그대 이 가을 잘 있느냐
구절초향기처럼 전하지 못하는 마음이 또 한풀 꺾인다
찬바람처럼 뼛속으로 파고드는 사랑보다
더 잔인한 칼날은 없었다.

늦가을산책

가을비에 젖는 산골짜기는 알고 있다
왜 도토리와 낙엽이 툭툭 떨어지는지를
내 인생에도 가을이 왔다
찬바람이 가슴을 흔들어 대고 낙엽이 뒹군다.
그러나 변변한 열매하나 딸 것이 없다
나는 한때 사랑을 꽃피웠으나 그 열매는 괴로움이었다.
믿음의 꽃은 설익은 열매하나 맺지 못했다
내 젊음이란
제대로 가는 길이든
헤매 도는 길이든
이 세상에서는 볼 수 없는
환상적인 꽃이 활짝 피어있어야 한다는 것이었다.
그 열매는 생각만으로도 눈을 뺏기에 충분했다
그렇게 내 인생은 꽃은커녕
뿌리부터 벌레가 파먹었고 잎이 말랐다
이제 나는 바람막이조차 없이
그 혹독함을 견뎌야 한다.
한을 품고 돌아선 어느 여인의 차가운 손길처럼
싸늘한 겨울바람이 내 가슴을 파고든다.

내가 섬기는 창조의 신은
내 안에서 살았고 내 안에서 죽었다
내 인생은 살 오른 도토리 한 알은커녕
내 몸 하나 가릴 홑이불조차 짓지 못했다

네가 그립다

누군가를 사랑한다는 것은
내 마음을 송두리째 빼앗기는 일이었다.
나는 평생 동안 딱 두 번 사랑에 빠졌었다
한번은 바로 너
또 한 번은 내 사랑이 된 너
사랑하는 사람과 이별한다는 것은
나의 모든 것을 잃어버리는 것이었다.
가슴이 내려앉는 아픔이야
세월이 흐르고 흐르면 낫는다 해도
너 하나만 각인 된 내 심장은
언제까지나 '너라는 희망'을 버리지 않는다.
사랑하는 사람을 잊는다는 것은
가슴 하나 닫는다고 되는 일이 아니었다.
폐허처럼 쓸쓸한 빈 가슴속에서
잡초처럼 웃자라는 그리움을 뽑아내고
풀꽃이 만발한 초원을 갈아엎어야 하는 안타까운 일이었다.
몇 개쯤 목숨을 버려도 될 것 같지 않은
힘겹고 슬픈 일이었다.

그대 떠나갔지만

젊음이 좋은 것만은 아니었다.
상처투성이가 된 가슴은 젊을수록 더 아픈 것이었다.
젊음의 불꽃은 사랑하는 사람을 만났을 때
모든 열정을 불태울 수 있는 것이었다.
그 시절 너는 나의 노래였다
내 가슴은 너로 가득 채워져 있었다.
그 사랑이 변한 증오처럼 맹렬한 것은 없었다.
지붕은 볕이 들 때 고쳐야 한다는 것을 뼈저리게 깨닫는다.
사랑의 깊이는 이별로 가늠하게 되는 것이었다.
사랑에 짓밟힌 분노처럼 격렬한 것은 지옥에서조차 없었다.
너를 향한 그리움이 크면 클수록
너는 내 발목에 더 무거운 쇳덩이를 매달아 놓는다.
이별은 울음소리조차 나오지 않는 기막힌 일이었다.

너는 나에게서 태양과 달과 별을 가져갔다
세상이 캄캄해졌다
내 머리 위에는 먹구름만 뒤덮였다
그래도 슬픈 모습을 보이지 말자
나 하나쯤 복장이 터져죽건 말건

세상은 아무렇지도 않게 굴러갈 터이니
세월이 흘러도 그리움은 나를 버리지 못할 터이니

내 인생의 에세이

1.
온종일 비가 내린다.
굵은 빗줄기가 발목을 잡고 안개구름이 길을 막는다.
내 인생은 고스란히 천지창조의 혼돈이다
하지만 가슴 흠뻑 적시는 날이
어디 오늘 뿐이었으랴
젖고 마르기를 한 평생
절망과 체념 사이에 서있는 내 삶은
헐벗고 굶주린 승냥이를 닮았다
바람처럼 살고파
바람처럼 세상을 헤매던 날
늙으신 어버이 한숨이 눈앞에 삼삼하다
삶은 깊이를 알 수 없는 애증(愛憎)의 바다였다
도토리만한 아이가 걷던 굽잇길에
아스라한 추억이 부서진다.

2.

가슴 속에 맴도는 두서없는 추억
이젠 동심 속에 흙먼지 뿌연 황톳길은 자취조차 없다
아스팔트길을 올라온 차량들을 바라보는 아이들이
인생의 늦가을에는 무슨 생각할까
또 어떤 이야기를 할까
인생은 바람 같은 것이라지만
삶에 의미 없이 부는 바람은 없었다.
인생이 혼자여서 외로웠다면
그건 괜찮다
당연한 것이니까
혼자가 두렵다면 누군가의 손을 꼭 잡으라
혼자일 수 있는 것과 혼자일 수밖에 없는 것은 같은 게 아니다
죽고 싶을 만큼 괴로워도 삶을 함부로 버릴 수는 없는 일
내가 흘리는 눈물은 내가 닦을 수밖에 없는 것이 인생이다
낙엽 지는 저 산등성이에 봄이 오고
수만 번 진달래가 필 때까지
내 살과 뼈를 발라 쓰는 나의 이야기가
마지막이 아니기를

3.

어느새 나는
꽃처럼 아름다운 내 존재를 상실하고
즐거웠던 그대로. 그리웠던 그대로가 아닌

상념과 고민 덩어리가 되고 말았다
세상은 불공평하고 냉혹하다
세상이 만만치 않다는 악마의 속삭임을 듣고 말았다
내 인생은 누군가에게 내 사랑을 채워주어야 하는 것이었는데
이젠 그대도 내 가슴을 설레게 하던 그 사람이 아니다
이제 나는 인간의 감성을 적시는 눈물조차 흘리지 않는다.
아, 내 인생은 내 것들을 부수고 있었다.
그대. 욕망에 꿈틀거리는 내 살을 발라내어
굶주린 짐승에게나 던져 주기를

4.
밤은 깊어지고
빗소리를 따르는 술잔에 아련한 고향이 차오른다.
아. 하염없이 내리는 밤비에는
그리운 것들이 쏟아지고 있었구나.
못다 한 말을 가슴속에 묻어두고
동심이 흐느끼는 그 길에도
바람이 불고 비는 올 테지
광폭한 바람에 꽃잎이 질 테지
꽃 찾아 날아들던 나비야 너도 가자
저 산 너머 꿈속의 고향을 찾아
들녘에 흐드러진
풀꽃이 지기 전에

5.

낙타 등처럼 굽은 고갯마루에 매서운 바람이 분다.
헐벗은 나목(裸木)들처럼
나도 이제 겨울바람 앞에 몸을 내맡겨야 하는
저 것들 중 하나
세상사 바람 같은 것이었구나.
모든 생각을 멈추고
조용히 세상의 아름다움을 바라볼 시간을 갖는
그것이 진정한 행복인 것을
분한 마음 일으키지 않고 매듭을 풀어야 하고
그저 견디는 것이 인생인 것을
미처 인생을 알기도 전에
싸늘한 이별의 말을 해야 한다.
넋 나간 속삭임을 들려주고
영혼이 없는 육신을 보여주어야만 한다.
그대. 어떤 달콤한 말로도 위로하지 말라
가슴이 따뜻하지 않은 언어의 유희는
아픔만 더할 뿐이니

6.

사랑하는 사람으로부터
한 조각 그리움조차 얻지 못한 가슴은
그리워할 수도 슬퍼할 수도 없다
돌이켜보면 나는 늘 혼자였다

산다는 것은 혼자라는 것을 깨닫는 일이었다.
멈출 수도, 가지 않을 수도 없는 인생길을
누군가 나와 함께 걸어간다는 것처럼 절실한 것도 없다
말 한마디 섞어 주는 것처럼 따스한 것도 없다
비 그친 하늘에 말간 별들이 나그네의 눈을 찌른다.
눈 내리는 광야에도 봄이 되면 꽃이 핀다.
이제 알겠다.
인생사
바람처럼. 구름처럼
정처 없는 것이라는 것을
이젠 그만 울음을 그치리라
숨 가쁘게 달려와서
한 자락 추억을 건네주고 가는 것이
우리네 인생 아니더냐.

7.
눈 감으면
고향집 사립문 앞에서
나를 기다리시던 어머님
이젠 내 마음속에 살아계신다.
산 목련 곱게 피는 봄이 오면
어머님 무덤을 찾아 가자
숨 가쁘게 달려가자
생전의 말씀처럼

험한 세상 당당하게 살아가려면
잡초에 뒤덮인 어머님의 사랑으로
인정머리라곤 없는
메마른 가슴부터 데우자

8.
내 인생
새 싹이 돋고. 꽃이 피고. 낙엽이 지듯.
그렇게 살고 싶었다.
부끄럽지 않은 뒷모습을 보이느라
참담하고 막막한 것들로 더 혹독했었다.
천년 풍상을 덮어 내리는 하얀 눈은
마음이 가난한 나를 덮으려는 것이려니
하지만 눈으로는 시린 마음을 녹일 수 없다
따뜻한 피를 돌게 하는 것은 뜨거운 가슴뿐이다
밤사이 내리던 눈은 그쳤지만
내 가슴을 파고들던 너의 사랑은 멈추지 않았다
너로 하여 쿵쿵 뛰는 내 심장을 빼앗으려고
너는 나에게 그토록 매달리지 않느냐
내 인생에 도둑이 되어
혹독한 추위처럼
내 가슴에 파고드는 너
너라는 기막힌 소망 하나로
내 삶은 그리움의 소용돌이에서 길을 잃었다

9.
겁먹은 눈망울로 갈 길을 묻지 말라
저 숲속에서 들려오는 새들의 노랫소리가 있지 않은가
절망은 언제나 희망을 노려보고 있다
내일 아침도 구름이 걷히고 해가 뜨기를
그 틈바구니에서 가장 먼저 잠에서 깨어나는 사람이
바로 나이기를
자존심 때문에
욕심 때문에
얼마나 많은 기회를 놓쳐 버렸던가.
가슴을 따뜻이 하면 움도 트고 꽃도 필 것이니
아직 나에겐 저만큼이나 멀리 죽음이 있다
체념은 너무 이르다
내가 누워야할 산자락은 여기가 아니다
먼 훗날 한줌의 온기라도 얻어 덮으려면
많은 사람들의 가슴을 데워줘야 한다.

10.
사람은 누구나
상처 난 가슴에 한 줌 그리움을 안고 살아간다.
누구든 상처 없는 이는 없다
사람은 누구나 상처 때문에 외롭다
많은 사람들 속에서 눈코 뜰 새 없이 살아도 외롭다
그러나 나의 아픔을 자기 것처럼 달래줄 이는 그리 많지 않다

애당초 사람은 누구나 혼자였기에
베개처럼 그리움을 끌어안고
그 가슴앓이로 살아간다.
언젠가는 내 삶에 들려오는 슬픈 노랫소리가 멎기를
인생이 끝없는 방황일지라도
그리하여 심장이 터질지라도
씨앗 하나가 천만 송이 꽃을 피우겠지
나비가 날아들겠지
맑은 날이 있으면 흐린 날도 있겠지
우리 삶에 그런 고통과 희망이 없다면
사는 것이 무슨 재미가 있겠는가.
살다 보면 어느 누군들
속으로 곪아 뜨겁게 앓아누웠던
사랑의 추억 하나쯤 없을까

11.
저 하늘에도 길이 있다
새가 날아간다.
한순간도 멈추지 않는 삶의 흐름
언제나 멈출까
어차피 버리고 가야할 껍질 아니던가.
늦가을바람이 풀을 베는 숲속에
주검처럼 스치는 한기(寒氣)에 소스라친다.
초겨울바람 한 줄기 숲을 치고 구름을 몰아간다.

아. 저 숲을 칭칭 감아올리는 칡넝쿨처럼
거침없이 살고 싶었는데
그만큼만 그리웠으면
잊을 때도 되었는데
아직도 내 가슴 한 귀퉁이에 살고 있는
그대가 고개를 들 때마다
나는 허무한 방황을 해야 한다

12.
인생은 한바탕 꿈이었다.
내가 부르는 사랑의 노래
내 삶속에서 그대가 부르는 사랑의 노래
내 인생의 절반은 그대가 저지른 것이었다.
우리의 사랑을 이루지 못해 더욱 그리운 그대
이별의 아픔 속에 눈물의 강이 흐르고 있다
한 가닥 희망은 늘 괴로운 언덕길 너머에서 나를 기다린다.
나는 그대를 잊기 위해 웃어야 한다.
나무는 꽃을 버려야 열매를 맺고
강물은 강을 버려야 바다에 이르겠지만
내 인생은 그대로 하여
꽃을 피우지도 바다에 이르지도 못했다
그대. 속절없는 세월 속에 가슴앓이로 사느니
내 가슴속에 꽃으로 피는 추억이라도 가꾸리라
비록 그대라는 바다에 이르지 못할지라도

그대를 향해 흐르리라
달뜨는 산자락에 아직 쑥부쟁이도 피지 않았는데
미처 붉어지지도 못한 낙엽이 지고 있다

13.
인생은 손에 쥔 스마트 폰이나
한 줄의 글속에 들어있는
그런 것이 아니었다.
컴퓨터프로그램처럼 업데이트할 수 있는 것도 아니었고
메시지를 주고받는 친구들의 숫자에 있는 것도 아니었다.
인생이란
누구를 사랑하고
누구와 여행하는지에 달려 있는 것이었다.
내 인생은 모든 면에서 완벽한 파일이 아니었다.
온통 오류와 버그 투 성이었다.
모니터에 떠 오른 수많은 단어들을
한순간에 지워버리는 Delete key처럼
내 인생의 오류들을 싹 지우려 한다.
기막힌 일이지만
인생이란
반가워도 술 한 잔 따르고
눈꼴이 시어도 술잔을 부딪쳐야 하는 것이었다.
살아가는 일이란
외롭고 울적한 날

즐겁고 기쁨에 겨운 날
무작정 그리운 이름들을 불러보고 싶은
그런 것이었다.

14.
상처 입은 사랑을 위해서라면
먼저 나를 바로 세워야 하는 것을
절벽 끝에 앉은 소나무처럼
괜한 바람만 원망했다
내가 먼저 손 내밀고 안아 줄 것을
간절한 소망 하나쯤 말해둘 것을
오독하니 그리움만 더듬다 세상만 탓했다
인생이란 알고 보면
맨발로 가시밭길을 걸어가는 것 아니더냐
휘적휘적 걷다보면
어느새 가시밭길을 지나치게 되고
차츰 날이 밝기 시작하지
고진감래(苦盡甘來)라 하지 않더냐.
하지만 알아듣지도 못하는 철부지에게까지
회초리를 들 필요는 없지

15.
한치 앞도 분간할 수 없는 자욱한 안개 속에도
그리움 하나 들어설 길은 있었다.

종일토록 비가 내리는 궂은 길에서 네가 나를 찾는다.

네가 없는 내 인생이야 안 봐도 알지 않느냐

비교될 까닭 없는 인생이지만

삭풍이 더듬는 머쓱한 삶

무엇을 닮았다느니

옛사랑 탓이라느니

하루도 바람 잘날 없다

너와 내가 가슴을 데우던

그 바람이 예까지 분 탓이다

네가 없는 내 인생은 섣달그믐밤이다

겨울바람의 기척을 듣는 밤마다

적막. 적막. 적막.

느려 터진 시계만 원망한다.

그렇게 지샌 밤이

허무로 불상(佛像)을 깎아 놓았다

16.

산위에 뜬 달을 바라보고 있노라면

너는 고갯길을 올라오고 있느니

남에서 북으로 늦가을바람 불어오면

북에서 남으로 불타는

아. 불타는 늦가을의 행렬

헤아릴 수 없이 오고 가는데

누구를 보내고. 누구를 불러야하는가는 모를 일이야

와서 가고. 돌아오는 계절에도 돌아오지 않는 사람
저 언덕배기에 마른억새풀 눕는 날
눈 감아도 지워지지 않는 그 모습
얼어붙은 대지에 귀 기울여 듣노니
그러나 몽매에도 듣고 싶은 너의 발자국소리는
끝내 들리지 않는다.

17.
눈부신 설경(雪景)이 발목을 붙잡으니
그예 그 옆에 그리움이 앓아눕는다.
아서라.
자꾸만 너를 되 뇌인들
무엇을 어쩌랴
내 팔잔걸
하지만 나는 괴롭다
매서운 바람의 손길을 견뎌야 하는 겨울나무들처럼
나를 못 견디게 하는 것은
너도 없는 겨울바람 앞에
나 혼자 서있다는 두려움 때문이다
그러나 이건 알아다오
너를 사랑한 건 두려워서가 아니다
내 외로움의 근원이 바로 너였다
오늘처럼 너를 느끼는 날
내 곁에 네가 있었으면 정말 좋겠다.

너의 어깨를 토닥이며
모처럼 깊은 잠에 빠져들 수 있었으면 정말 좋겠다.

18.
삶의 여정에는
그리움이라는 돌로 쌓아올린 계단이 있다
가슴 시린 날 새벽바람을 가르고
너에게로 달려갈 그리움 하나
메밀꽃 같은 눈이 올라치면
밤새 모아둔 상념에 모닥불까지 지핀다.
저무는 산길을 막아 눈이 내리면
그리움까지 막아 눈이 내리면
속 시원히 너를 돌려보내야 하는 것을
부질없이 너를 노래하는구나.
그러나 어이하랴
흰 눈 길을 밟고 산굽이 휘돌아 올 네가 아니기에
그리움 하나가 수만 가닥 아픔이 되는 것을
바람 불고 눈 내리는 굽잇길을 지나 온 그 날들이
내 가슴에 멍울로 남는 것을
바람 부는 밤
네가 못 견디게 그리워지는 것은
늦가을바람에 던져주고 왔어야 하는
시리기만 한 가슴 탓인 것을
나 혼자 뒤척인 밤이 길기만 하다

첫눈처럼 공허한 그리움이 밤길에 뿌려진다.
저 눈 밭을 터벅터벅 걸어가
한 아름 팔 벌려 보이곤
'이만큼 보고 싶었다.'고
속 시원히 털어 놓을 수 있었으면
눈 위에 뒹구는 마른낙엽에도 봄이 보이는데
겨울숲속에 떨어뜨린 너와 나의 속삭임은
다시는 봄이 될 수 없었다.
오늘 그 숲속에 네가 폭설로 내렸다하여
그 길을 밟아 가면 내가 행복할 수 있을까
겨울바람이 길나서는 밤
나는 숲속에서 아우성치는 너를 본다.

19.
아무도 모른다.
내 인생. 얼마나 더 외로워야 너를 만날 수 있는지를
너에게로 향하는 들뜬 마음이 겨울바람을 가른다.
너를 내 사랑으로 앞세우고 걸어 온 그 길에서
네가 돌아서가기 전까지는
꿈인 듯 달았다
이제 너와 내가 거닐던 숲 속에
우리가 두고 온 서리 맞은 사랑이
혹독한 겨울바람 앞에 흰 속살을 드러내고 다가선다.
고즈넉한 밤

그 혼돈의 언저리에서
쓸쓸히 돌아서는 내 발길을
너는 겨울바람처럼 막아선다.
내가 할 수 있는 것이라곤
먼 산을 바라보는 것뿐이다

20.
우리가 인생을 이해하는 것은
우리가 도달할 수 있는 인간관계의 정점이다
그것은 의외로 쉽게 사그라지는 열정과 달리
한 사람의 추함과 아름다움
그 빛과 어둠을 모두 끌어안는 것이어야 한다.
사람들은 상처는 오래 간직하고 은혜는 망각해 버린다.
너무 억울해 하지 말라
인생의 빚은 계산을 그렇게 한다.
억지소리 같겠지만
나에게 위로가 되는 것은 타인의 불행이다
이것이 일반적인 사람들의 생각이다
상처를 상처로 밖에 위로할 수 없는 가슴이 있다
온갖 상념과 집착이 그 인생을 괴롭게 만든다.
가슴앓이를 하기보다는
무릎을 꿇는 편이 훨씬 더 견디기 쉬운지도 모른다.
먼지를 털어 내듯 가슴 한번 털어내면 될 일 같겠지만
생각처럼 쉽게 털어 버릴 수 없는 것이

찰거머리처럼 달라붙는 미련이다
어느 누구든 눈물짓지 않는 인생은 없다
어느 누구든 인생을 완벽하게 살아가는 사람은 없다
실수는 되풀이된다.
그것이 인생이다

21.
한순간 빛살같이 지나갈 인생이다
한잔 술에 담배 연기처럼 사라질 인생이다
배신과 분노에 심장이 터질지라도
눈물 흘리지 말자
삶은 언제나 우리보다 한발 더 빠르다
그리하여 삶이 매서운 의미를 갖는다.
그러나 두려워하지 말자
담대하다는 것은
넘어지거나
다른 사람들에게 손가락질 받을 때마다
오뚝이처럼 일어서는 것이다
날지 못하는 것은 어쩔 수 없는 운명이겠지만
날아오르려 하지 않는 것은 타락이다
나무 같기를. 바위 같기를 꿈에서라도 그려보자
창문을 가르는 햇살이 그립지만
눈을 뜨면 그리울 것 같아 눈도 뜨지 못하고
일어나면 구석에 웅크리고 앉아 소리 죽여 울 것만 같다

오늘도 목마른 사랑 앞에 눈물의 강이 흐른다.

22.
꿈인가
누군가 발자국 소리도 거칠게 지나간다.
눈뜬 밤은 더디기만 한데
닭장에 수탉은 달이 기울어도 울지 않는다.
별처럼 상념이 떠오르는 밤하늘에 몰려가는 먹구름
누구에게로 달려가는 불행일까
아서라.
멀리 갈 것 없느니
내가 가는 날 산야(山野)에 궂은비나 내려라
일손 거두고 마을 떠난 늦둥이 어미처럼
휘적휘적 꽃길 걸어가면 될 일 아니더냐.
소풍가는 아이처럼 콧노래 부르면 될 일 아니더냐.
무엇을 두려워하랴
아무리 슬픔이 가득한 곳이라도
내가 그곳에 가서 즐겁게 노래 부르면 될 일 아니더냐.

23.
꽃이 지면
억새꽃이 지면
산길 넘나드는 겨울바람처럼
슬픈 노래만 부르지 않으면 될 일 아니더냐.

샛강에 해가 지면 달이라도 비출 테지
아, 인생은 찰나(刹那)의 꿈
꿈으로 가슴 콩닥 거리던 아이
달뜨는 산자락에 꽃으로 피리
세상을 어루만지는 바람이 되리